사람의 멍에

사람의 멍에

홍상화 소설

한국문학사

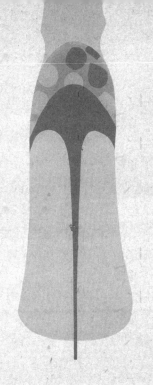

비상과 배신의 시간 속으로

이승혁의 아내인 김석영을 처음 본 것은 지금으로부터 20년 전, 그러니까 내가 20대 중반 때의 일이다. 그때 우리는 예측할 수 없는 미래에 불안을 느낄 겨를도 없이 어떤 기대감에 부풀어 있었다. 지금 와서 생각해보니 누가 뭐라 해도 그때가 우리들 인생의 전성기라고 봐야 할 것 같다. 그때 우리는 누구나 원하는 거의 모든 것을 가지고 있었다. 젊음, 건강, 희망, 자존심, 자신감 그리고 무엇보다 미래에 대한 호기심이 우리를 놓아주지 않았다. 우리에게 더 이상 필요한 것이 있다면 그것은 아마 안정된 일상과 그에 따르는 경제적인 풍요로움이었을 것이다. 아! 그러나 우리는 그때 깨닫지 못했다. 경제적인 풍요로움의 얇은 껍질을 벗기고 보면 그곳에는 비굴함이 도사리고 있고, 안정된 일상의 뒷면에는 지루함이 자리를 같이하고 있다는 것을 우리는 알지 못했다.(나중에 안 일이지만 승혁은 이것을 '평범'이라 일컬었고, 그런 평범에서 '공포'를 느껴 그곳으로부터 탈출하려고 했다.)

20년 전 어느 날, 두꺼운 코트를 걸친 채 시카고 공항에 내렸으니, 아마 1월 초였던 것 같다. 나는 신문학 석사과정을 밟을 대학으로 가기 위해 그곳에서 비행기를 갈아타야 했지만, 그것보다 고등학교를 졸업하자마자 도미한 이승혁이 시카고에 체류하고 있었으므로 그와 같이 며칠을 지내고 싶은 욕심이 더 컸다.

비행기에서 내리는 나를 승혁은 떠들썩한 몸짓과 말투로 껴안았다. 그런 인사법에 익숙하지 못했을 뿐 아니라 외국인들 사이라는 것을 의식한 나는 매우 어색한 기분이었다. 그는 원래 호탕한 성격의 소유자이기도 했지만, 미국 물을 조금 먹은 탓인지 전보다 한층 더 수다스러웠다. 그 어색한 분위기에서도 나는 은은한 미소를 머금고 서 있는 동양 여자를 발견했다. 누가 보아도 경탄할 만한 미모를 지니고 있었다. 승혁이 내 손을 이끌고 그녀에게로 가 인사를 시켜줄 때까지 그녀가 승혁의 아내이리라는 생각은 한순간도 하지 않았다.

　홀어머니와 함께 동생을 돌보며 어려운 생활을 꾸려나가면서도 앞으로 닥칠 가족들의 경제적 궁핍의 탈출구로 미국행을 결심한 승혁과, 미국에서 오랫동안 의사 생활을 한 유복한 집안 출신인 그녀가 결합할 가능성은 비교적 희박했었는데도, 같은 학교에 다니다 외국인 학생회에서 자연히 만나 1년 전 결혼하게 됐다는 사실은 나중에야 알았다.

　내가 그녀와 처음으로 인사를 나누는 순간, 나는 왠지 모르게 그녀가 눈에 보이는 아름다움처럼 완벽한 여자는 아닐 것이며, 시간이 지남에 따라 그녀의 단점이 발견될 것이라고 단정했다. 왠지 그래야만 친구의 아내로서 친근감을 가질 수 있을 것 같았다. 그러나 그러한 나의 단정은 여지없이 빗나갔다. 그녀는 아직까지 내가 본 여자 중 가장 이상적인 여자였다.

　내가 유학길에 시카고에서 석영을 처음 만나고 학교로 간 지 4개월 정도 지난 뒤 그녀와 두 번째 만날 기회가 있었다.

　미국 대학에서의 첫 번째 여름방학이 시작되기 바로 전이었다. 내 동생이 몇 달 전 대학입시에 떨어져 재수를 하던 중 아버지로부터 호된 꾸지람을 들은 끝에 어느 여관에 가서 음독자살을 기도했다는 소식이 서울로부터 전해졌다. 너무나 충격적인 일이었다. 더구나 동생에게 전화를 했을 때, 동생은 음독 후유증 때문에 성대가 상해서 말을 제대로 하지 못했다.

일곱 살 아래인 동생에 대한 안쓰러움이 큰 만큼 독선적인 아버지에 대한 나의 분노 또한 컸다. 나는 식음을 전폐하고 술에 빠져 사흘을 보냈다. 그때 나와 같은 방을 쓰던 미국 친구가 승혁에게 전화로 내 사정을 설명해준 모양이었던지 승혁 내외가 그 상황을 알게 되었고, 승혁의 처 석영이 혼자서 나를 데리러 차를 몰고 왔다.

슬픔과 분노가 뒤범벅이 되어 자포자기 상태인 나를 석영은 어린아이의 손을 잡아끌듯 막무가내로 달래어 시카고로 끌고 갔고, 나는 그곳 승혁의 집에서 여름방학의 대부분을 지냈다. 석영의 따뜻한 손길, 그녀의 자상함이 아니었더라면 그때 나는 어떤 상태로 전락했을지 모른다. 지금 생각하니 석영은 그때부터 내 가슴 깊은 곳에 지울 수 없는 자리를 잡고 있었던 것 같다. 그것만으로 그녀를 사랑했다고 말할 수 없을지 모르나 그녀의 따뜻한 말 한마디가 나를 행복하게 할 정도로 나는 그녀를 분명히 흠모했다. 아마 남자들이 어렸을 때 초등학교 여

선생님에게 느끼기도 했을 법한 첫 번째 연정을 나는 석영에게서 경험했는지도 모른다.

그런 이유 때문이었을까? 그로부터 20년이 지난 어제 저녁 막 잠자리에 들려고 했을 때 UCLA 대학 기숙사에 있던 승혁의 딸 정해가, 자기 어머니 모르게 전화한다는 말을 시작으로 나에게 전해준 소식은 너무나 충격적이었다. 승혁 부부가 헤어졌다는 것이었다. 더욱이 놀라운 일은 승혁이 일주일 전 어떤 젊은 여자와 같이 미국을 떠나 지금은 한국에 머물고 있다는 사실이었다. 세상에서 가장 행복하고 이상적인 부부상을 꼽으라면 나는 서슴없이 지난 20년 동안 지켜본 승혁 부부를 떠올릴 정도로 그들 부부의 애정은 완벽해 보였다. 또 그 기간 동안 승혁은 미국 건축설계 분야에서 외국인으로서는 드물게 영향력 있는 설계사로서의 위치를 확보하고 있는 터여서, 그들 세 가족의 미래에는 느긋한 인생의 순항이 계속될 것이라 믿고 있었다.

한창 예민한 19세의 소녀가 처음 경험하는 충격 속에서 거의 울먹이면서 두서없이 전한 소식이었기 때문에 나로서는 일단 미국 승혁의 집으로 전화해 사실을 확인하는 수밖에 없었다.

바로 내가 전화를 걸자 석영이 직접 받았다.

"석영 씨? 저 대식입니다."

"어머! 대식 씨, 지금 어디에 와 계세요?"

너무나 쾌활한 목소리였다. 가정 파탄의 위기에 있는 여자의 목소리라고는 생각하기 어려울 정도로 평온하게 들렸다. 그녀는 내가 미국 출장 중에 하는 전화로 안 모양이었다.

미처 생각하지 못했던 질문에 잠시 머뭇거리는 사이 그녀가 다시 물었다.

"이곳엔 언제 들르실 거예요?"

"저…… 저…….''

내가 계속해서 머뭇거리자 그녀는 조금 전과는 전혀 다르게 차분한 목소리로 말했다.

"아 참, 애아빠는 지금 유럽 출장 중이에요. 몇 주 걸린다고 했는데 상관 말고 꼭 들르세요."

"여긴 서울입니다."

그렇게 말하자 저쪽에서는 아무런 반응을 보이지 않았다. 그래서 나는 나직이 띄엄띄엄 말을 이어갔다.

"저…… 승혁이 지금…… 서울에 있다는 것을 알고 있습니다. 정해가 전화로 알려주었어요."

그녀로부터 여전히 아무런 반응이 없었다. 혹 목소리

가 너무 작아 듣지 못한 것은 아닌가 싶어 다시 말하려고 하자, 석영은 마치 옆에 있는 사람에게 속삭이듯 말했다.

"그 여자하고 같이 있대요?"

나는 예기치 못한 질문에 아무런 답을 못했다.

"함께 여행을 떠난 여자 말이에요."

석영이 다시 말했다. 그리고 말을 이어갔다.

"애아빠와 만나서 무슨 얘기를 했어요?"

"아직 만나보진 못했어요."

그제서야 나는 정신을 가다듬고 말했다. 잠시 침묵이 흘렀다.

나는 그간의 사정을 물어보려고 했다. 순간, 그녀는 '흑' 하는 소리를 내었다. 다시 '흑흑' 하다가는 가슴속 깊숙한 곳에서 울려 나오는 낮은 울음소리를 냈다.

"대식 씨, 애아빠가 그 여자를 그렇게 사랑한대요? ······그 여자가 그렇게 매력적이래요? ······대식 씨, 제발 저 좀 도와주세요. 다 큰 딸을 생각해서라도 그러면 안 된다고 말해주세요. 제가 싫으면 보지 않아도 돼요. 그 여자와 살아도 좋으니 이혼만은 안 된다고 말려주세요. 대식 씨, 제발 도와주세요. 저는 지금 죽을 것만 같아요. 이곳에는 얘기할 사람도, 도움을 청할 사람도 없어요."

그녀의 흐느낌으로 보아 극심한 고통을 받고 있음이 분명했다. 무슨 말이든 하여 그녀를 위로해주어야겠다는 생각뿐이었다.

"석영 씨, 너무 상심 말아요. 사람이란 살다 보면 한두 번은 어려운 일을 겪게 마련이에요."

그녀의 낮은 울음소리가 다시 들려왔다. 잠시 후 그녀의 울음소리가 가라앉자 나는 다시 말을 이어갔다.

"때론 오해를 할 수도 있고…… 시간이 가면 어려운 일도 해결되지요."

"……."

"승혁을 잘 알잖아요? 엉뚱한 짓을 저지르거나, 사랑하는 사람을 괴롭힐 인물은 아니잖아요."

말 한마디 한마디에 힘을 주어 말했다.

"미안해요, 대식 씨. 제가 대식 씨 전화 받고 너무 감정이 북받쳐 실수를 한 것 같아요. 너무 걱정 마세요. 잘 견디고 있어요."

조금 전에 보였던 감정과는 달리 그녀는 차분한 목소리로 말했다. 나에게는 그 목소리가 오히려 고통스럽게 들려왔다.

"뭔가 오해가 있는 것 같아요. 내가 승혁을 만나 자초지종을 알아볼 테니, 미리 어떤 속단도 내리지 말아요."

"네, 알겠어요."

"그리고 승혁이가 떠나기 전 무슨 일이 있었는지 얘기해줄 수 있어요?"

나의 부탁에 석영이 여러 번 흐느낌 속에서 이어간 이야기는 대강 이러했다.

승혁이 그 여자와 여행을 떠나기 이틀 전날 밤, 석영은 승혁의 제의로 미시간 호숫가의 근사한 식당에서 오붓한 저녁을 보냈다. 승혁이 유달리 친근하게 대해 석영은 새롭게 연애하는 기분마저 들었고, 식사가 끝난 후 승혁이 다이아몬드 목걸이를 그녀에게 주었을 때는 좀 과분한 선물이었지만 결혼기념일이 다음 달이라 별 생각 없이 그냥 고맙게 받아들였다. 그래선지 석영은 집으로 돌아오는 차 안에서 "내가 없더라도 당신은 정해를 잘 키울 것"이라는 승혁의 이야기를 지나가는 말로 넘겼다.

승혁이 떠나기 전에 특이했던 점은 그것뿐이었다. 혹시 승혁이 석영의 애정에 대해 오해할 만한 일은 없었느냐는 내 물음에 그녀는 전혀 그런 일은 없었다고 했다. 혹시 승혁에게서 근래에 이상한 점을 못 느꼈느냐고 묻자 승혁의 행동이 평소와 조금도 다를 바 없어 전혀 눈치채지 못했다는 것이었다. 석영은 승혁이 여행을 떠나면서 간단하게 남긴 편지에서 처음으로 그의 심경 변화를 알게 되었다는 것이다.

석영은 승혁이 편지에서 언급한 애정의 상대가 과연 어떤 여자일까 몹시 궁금하여 주위 사람들을 통해 그녀에 대해 알아보았다고 했다. 안타깝게도 석영은 그 여자가 하찮은 여자라는 주위 사람들의 이야기를, 자신을 위로하기 위한 말이라고 단정하고 있었다. 그 여자가 특별한 매력이 있는, 젊고 아름다운 여자일 거라고 자신이 내린 결론에 대한 석영의 믿음은 확고했다.

승혁이 남긴 편지를 읽어달라는 내 간곡한 요청에 마지못해 첫줄을 읽다가 석영은 걷잡을 수 없이 흐느끼기 시작했고, 한참 후 안정을 찾은 석영이 띄엄띄엄 전해준 승혁의 편지 내용은 이러했다.

석영에게

당신과 만난 지 벌써 23년이라는 세월이 흘렀군.

지난 스물세 해는 세상의 무엇과도 결코 바꿀 수 없을 만큼 정말 값진 시간이었어. 당신의 외모를 아름답다고 생각하는 많은 사람들은 당신의 진정한 아름다움을 알지 못하는 거지.

사람의 마음이란 정말로 알 수 없는 것인가 봐. 당신에 대한 내 사랑은 조금도 식지 않았는데…… 불행하게도 당

16

신보다 더 사랑하는 여자를 만났으니……. 같은 건물의 지하에서 문구점을 하는 한국 여자야. 난 그 여자와 결혼하기로 결심했고, 우리는 한국으로 건너가 살 거야.

이 글은 지금 그 여자와 함께 한국으로 떠나면서 공항에서 간단히 쓰는 거야.

석영…….

당신은 현명하고 아름다운 여자이니 좋은 남자를 만나 여생을 행복하게 보내리라는 것을 나는 확신해.

당신이 나에게 준 모든 행복에 대해 지금도 마음으로부터 깊은 고마움을 보내고 있어.

당신은 당신의 아름다움에 못지않은 용기를 또한 갖고 있다는 것을 난 알아. 부디…….

승혁

PS: 필요한 서류를 갖고 며칠 내로 변호사가 찾아갈 거야. 이혼수속은 이미 하라고 했고, 재산은 내가 필요한 최소한의 것만 남기고 전부 당신 이름으로 양도했어. 당신이 크게 낭비를 하지 않는다면 평생을 부담 없이 살 수 있을 거야.

나는 단도직입적으로 결별을 알리는 승혁의 잔인함에 놀라지 않을 수 없었다. 새 여자를 구체적으로 거론한 것은 석영에게 일말의 미련도 갖지 말라는 통보로 보였다.

* * *

다음날 저녁 퇴근하는 길로 곧장 승혁이 묵고 있는 시내의 한 호텔로 갔다. 아침에 전화해 거의 강요하다시피 일방적으로 한 약속이어서 승혁이 외출했을지도 모른다고 걱정했으나 다행히 그곳에서 만날 수 있었다. 승혁이 미국 시민권을 가지고 있었으므로 출입국 관리소에 연락하여 그가 묵고 있는 호텔의 전화번호를 알아내는 것은 어려운 일이 아니었다.

근처의 술집으로 가 탁자를 사이에 두고 승혁과 마주하고 앉으며 나는 그의 표정을 살폈다. 승혁이 꽤나 불편해하리라고 생각했으나 그런 기색은 전혀 보이지 않았다. 오히려 술자리를 같이할 친구를 만나 즐거워하는 느낌이 들었다. 우리는 가족 이야기는 피하고 주위 친구들 이야기로 잠시 시간을 보냈다.

얼마 후 그가 시킨 제육볶음 한 접시와 소주병이 탁자

에 놓여졌다. 나는 소주병을 따 그의 잔에 한 잔 따라주고 난 뒤 두 잔을 연거푸 들이켰다. 이제부터 이야기의 본론으로 들어갈 마음의 준비를 하기 위해서였다.

"정해 전화를 받고서 석영 씨와 통화를 했다."

잠시 사이를 두었다가 말을 이어갔다.

"그리고 네가 석영 씨한테 남긴 편지 내용에 대해서도 들었다."

승혁은 전혀 놀라는 기색을 보이지 않았다.

"다 사실이야?"

그가 고개를 끄덕였다.

"아직도 변함없어?"

"전혀!"

그가 자신 있게 말했다.

"미국에서 여자를 데려왔다면서?"

"그래."

담담한 어조로 승혁이 답했다.

"네놈이 데리고 온 젊은 년의 어떤 점에 미쳐버렸는지 얘기 좀 들어보자."

그의 빈 잔에 소주를 따라주면서 보통 때 같으면 아무리 친한 친구 사이라도 모욕적이라고 느낄 말을 조금도 거리낌없이 내뱉었다. 내가 사용한 어휘와 직설적인 질문이 좀 무례한 태도였다는 느낌은 들었지만…….

그는 아무 말 없이 소주 서너 잔을 서서히 들이켠 후 미소까지 띠며 좋은 장난거리라도 찾은 듯한 표정이었다. 오히려 내가 당황하지 않을 수 없었다.

"섹스야. 모든 게 섹스야."

그는 이 한마디만을 내뱉고 소주를 쭉 들이켰다.

나는 승혁이 농담을 하는 것이 아닌가 확인하려고 물끄러미 그를 바라보았다. 그런 나를 승혁 역시 물끄러미 보더니 다시 입을 열었다.

"섹스가 남자에게 대단히 중요한 의미를 지니고 있다는 것은 너도 잘 알 거야. 그 중요한 이유에 있어서 너와 의견이 일치되지 않을지도 모르지. 하지만 인간은 하느님이 준 성충동을 만족시키지 못하면 성의 노예가 되어 아무것도 할 수 없어…….."

"너한테 섹스의 중요성에 대해 강의를 듣고 싶은 것이 아니라, 그 여자의 섹스 테크닉이 어떤지가 흥미로워서 그러는 거야."

승혁이 나의 빈정거림을 이해하지 못한 것 같아 톡 쏘아주었다. 그는 대화가 더욱더 재미있어진다는 듯이 계속 떠들어댔다.

"좋아! 그녀의 섹스 테크닉은 거짓 없는 흥분도에서

가장 잘 드러난다고 생각해. 그다지 많은 경험을 가진 것 같지는 않은데도, 그녀는 내가 상상할 수 있는 여자 중에서 가장 섹스를 즐기는 여자야. 매일 저녁 만족시키지 않으면 거의 잠을 자지 못하게 할 정도로 성욕이 왕성한 여자라고."

"혹시나 네가 진이 빠져 요절할까 겁이 난다. 그 여자의 왕성한 성욕에는 어떻게 대처해나갈 거냐?"

내 질문이 반갑다는 듯이 그는 계속해서 지껄여댔다.

"그래 맞아. 바로 그거야! 그 여자는 종종 다른 남자와 외도를 해야 될 거야. 아니, 어쩌면 내가 조금만 더 나이를 먹으면 외도를 밥 먹듯 할지도 몰라. 그것이 바로 우리의 관계를 아름답게 만드는 거야. 우리는 둘 다 정신적으로 노예가 될 필요가 없어. 평범한 부부관계에서처럼 서로 끊임없이 위선을 강요할 필요가 없는 거야……. 진실된 부부관계를 유지하려면 양쪽 서로가 다 외도를 할 수 있도록 허락해주어야 하는 거야."

어처구니없는 그의 논리에 기가 막혀 술을 단숨에 들이켜고 잔에 술을 따랐다. 승혁은 내가 던진 질문의 핵심을 피하려고 일부러 익살로 대했든지, 아니면 익살스러움으로 사회의 통념을 비하하고 싶었든지 했을 것이다. 아마도 전자가 더 진실에 가까운 듯했다. 취기 때문인지 나 또한 그의 익살에 지고 싶지 않았다.

"그래, 너한테 섹스에 관한 나름대로의 철학이 있다고 치자. 그러면 네가 그 여자를 사랑하는 것은 섹스를 향유하기 위해서라고 받아들여도 좋다는 거냐?"

나는 그 여자를 향한 승혁의 감정이 사랑이 아니라 성충동이라는 것을 인정하도록 유도하고 싶었다.

그는 술잔을 비우고 난 후 제육볶음을 집어 입에 넣고 씹으면서 주절대기 시작했다.

"아니야, 사랑과 섹스가 어떻게 다르니? 네가 이해 못하는 것이 바로 그 점이야. 사랑을 설명할 가장 훌륭한 단어는 섹스야. 사랑이라는 것은 다분히 감정적인, 즉 현실과 괴리된 상태를 가리키는 거야. 섹스할 때처럼 감정적이고 그때처럼 현실을 잊어버리는 경우가 어디 있겠니? 사랑은 질질 이어가는 것이 아니라 도막도막 잘라지는 거야. 사람들이 흔히 잘못 일컫는 사랑이란 질질 이어가는 애정을 가리키는 거야. 애정과 사랑 중 하나만을 찾아야지 둘 다 가질 수는 없어. 나는 애정이란 지루한 것이라 생각해. 적어도 나는 아직 사랑을 찾는 마음의 젊음을 갖고 있다고 생각해. 누구든 또 그렇게 하도록 노력해야 된다고 봐."

그는 궤변을 늘어놓으면서도 무슨 심오한 철학이나 설

파한 듯 어깨를 뒤로 젖히고 여유 있는 태도를 취했다. 나는 당장 자리를 박차고 일어나 그곳을 뛰쳐나오고 싶었으나 석영을 생각해 참았다.

"네 말대로라면 우리가 젊었을 때 싸구려 창녀집에 가서 동침한 행위 또한 진정한 사랑이라는 거로구나."

놀랍게도 그는 내 말에서 바로 자신이 찾고 있던 좋은 예를 만났다는 듯 반가워하는 기색을 보였다.

"바로 그거야. 네가 돈을 주고 여자를 안은 순간부터 사정이 끝날 때까지 너는 그 여자를 숨김없이 사랑했던 거야. 조물주가 준 성욕이 쌓였을 때는 네가 여자를 진정하게 사랑할 수 있도록 마음의 준비가 된 거야. 비록 돈거래로 형성된 사랑의 행위일지라도, 그것은 돈거래라는 게 중요한 것이 아니고, 네가 사랑할 수 있는 마음의 준비가 되어 있기 때문에 가능했던 거야. 잘 생각해봐. 다시 만날 수 없는 걸 알면서도 그녀를 사랑했다는 것이 얼마나 이기적이지 않은 진실한 사랑이었는지를……."

거침없이 읊어대는 그의 궤변을 듣는다는 것마저 나에 대한 지독한 모욕으로 느껴졌다.

"그러면 입장을 바꾸어보자. 네가 극도의 위선자가 아니라면 사랑에서 남녀를 구별하지는 않겠지?"

그가 내 질문이 이해가 안 된다는 표정을 짓자 나는

다시 말을 이었다.

"네가 창녀를 사랑했다고 하자. 하지만 설마 창녀가 자기의 몸을 사는 모든 남자들을 사랑한다고는 하지 않겠지?"

"무슨 말이야! 진정한 여자라면 자기의 몸을 살 만큼 자기의 육체를 원하는 사람을 어떻게 사랑하지 않을 수 있겠어? ……여자란 말이야, 진짜배기 여자란 말이야, 자기가 사랑받는 만큼 상대방을 사랑하지. 남자와 달리 피동적이야."

"그럼, 창녀들만이 사랑을 할 줄 아는 훌륭한 여자겠구나."

"물론이지. 매춘을 할 수 있는 여자는, 진정한 의미의 사랑을 가장 잘 실천할 수 있는, 신의 축복을 받은 여자지. 대부분의 여자들은 설사 부모, 형제, 자식들의 생명이 달려 있더라도 결코 매춘에 나서지는 않을 거야. 허구와 위선에 차 있는 사회규범은 이런 여자들을 가리켜 현모양처라고들 하지. 그러나 이런 여자들을 데리고 평생을 낭비하는 자들은, 진정한 여자를 한 번도 접하지 못한 채 그저 그런대로 살다가 인생을 마치게 되는 거야."

너무나 황당무계한 그의 말을 들으면서 나는 그를 후려

치고 싶은 충동을 떨쳐버리려고 무던히 애를 써야 했다.

　나는 그의 이성에 호소하기를 포기했다. 그러나 석영을 보아 그대로 자리를 박차고 일어날 수도 없는 일이었다. 나는 그의 양심에 호소하는 길밖에 없다고 느꼈다.

　"승혁아, 넌 지금 자신을 속이고 있든지 아니면 나를 놀리고 있는 거야. 단도직입적으로 얘기하면 넌 석영 씨를 사랑하고 있어. 반면에 그 여자는 네 희롱의 대상일 뿐이야."

　그가 한심하다는 표정을 지으며 무슨 말을 하려는 것을 나는 손을 들어 막았다.

　"내 얘기를 좀 더 들어봐. 네가 어떤 궤변을 늘어놓아도 상관치 않겠어. 그러나 그 궤변이 네 행동을 정당화하기 위한 수단으로 사용된 것이라면, 적어도 네 마음 한구석에는 그 정당화를 부정하려는 일말의 양심 또한 도사리고 있을 거야. 내가 원하는 것은 그 양심을 친구인 내게 털어놓으라는 거야. 설령 그것이 어떤 결과를 가져오지 않는다 하더라도 네 마음은 좀 홀가분해질 거야. 너의 희롱이 네가 세상에서 가장 사랑하고 또 너를 누구보다 사랑하는 사람들을 파멸의 구렁텅이로 몰아넣고 있어. 그들이 그 구렁텅이에서 빠져나오려면, 적어도 그런 궤변이 아닌 네 솔직한 고백이 필요해. 너를 누구보다 아끼는 네 가족은 널 이해하려고 최선을 다할 거라고."

나는 애원조로 말했다. 그는 아무 말 없이 술잔만 응시하고 있었다. 기고만장하여 떠들던, 방금 전 그가 보였던 태도와 정반대로 처음으로 기가 꺾인 태도를 보였다.

"아 참, 서울에 온 후 정해한테 연락은 했니?"

나는 승혁의 딸이 입었을 마음의 상처를 염려하여 물었다.

한참 만에 승혁은 고개를 끄덕였다.

"정해가 크게 마음의 상처를 받은 기색은 없었어?"

"별로……. 나중에는 전화를 끊지 않고 우는 것 같았는데, 성격이 강한 아이라 친구들과 맥주 한잔 하면서 넋두리를 하고 나면 괜찮아질 거야……. 미국에서는 워낙 부모들이 이혼하는 경우가 흔하니까 네가 생각하는 것처럼 큰 충격을 받지는 않을 거야."

"너 정말 지독한 놈이구나. 너 같은 놈을 남편으로, 아버지로 알고 살아왔을 네 처와 딸아이가 불쌍하다."

나는 그의 얼굴을 1초라도 더 보는 것이 견딜 수 없어, 앞에 놓인 술잔을 단숨에 들이켜고 화풀이라도 하듯 세차게 술잔을 놓았다. 강한 충격에 술잔이 깨졌다. 술집 주인이 물수건을 가져다주었다. 나는 술잔을 잡았던 손에 흐르는 피를 대충 물수건으로 닦은 다음 피 묻은 물수건을 식탁 위에 팽개쳤다.

"너 같은 나쁜 놈을 친구로 알았던 내가 미친놈이다. 죽는 날까지 네 낯짝을 보나봐라! 그 골빈 년하고 벌거 벗고 잘 지내라!"

그리고 벌떡 일어나 문을 박차고 나왔다.

술집을 나서니 싸늘한 공기가 나의 울분을 맞았다. 석 영의 창백하고도 근심 어린 얼굴이 눈앞에 어른거려 그 대로 집으로 갈 수가 없었다. 눈에 띄는 포장마차에 들 어가 그곳에서 밤늦도록 미친 듯이 소주를 병째로 들이 켰다.

* * *

다음날 오후 새로 부임한 정계 출신의 사장이 주재하 는 회의에 참석한 후 회의실을 나오자마자 방송국 직원 이 한 통의 편지를 전해주었다. 봉투에 갈겨쓴 낯익은 필체를 보니 승혁의 편지였다. 그 편지를 받자마자 쓰레 기통으로 던져버리고 싶었으나 석영의 얼굴이 떠올라 그 럴 수도 없었다. 그렇다고 미친놈의 넋두리를 읽는 데 시간을 낭비하는 것도 불쾌하여 안주머니에 쑤셔넣었다.

그날 저녁 일찍 침대에 들었으나 도저히 잠을 이룰 수가 없어 몸을 뒤척이다 낮에 안주머니에 넣어둔 승혁의 편지가 기억났다. 그가 회사에까지 와서도 나를 만나지 않고 직원을 시켜 편지를 전한 것으로 보면, '죽을 때까지 보지 않겠다'고 내가 고함친 것을 심각하게 받아들였음이 분명했다.

나는 침대에서 일어나 편지를 꺼내 거실로 나와 밖으로부터 들어오는 희미한 불빛에 비춰가며 읽어내려갔다.

사랑하는 친구 대식에게

네가 죽을 때까지 보지 않겠다는 말을 하고 나간 후 한참 동안 깊이 생각해보았다.

본론으로 들어가기 전에 먼저 두 가지 사실을 명확히 해야겠다. 첫째는 '죽을 때까지'라고 했는데 아무래도 내가 너보다 더 오래 살 것 같지 않구나. 널 내 죽음에 문상 오지 않는 나쁜 놈으로 만들고 싶지 않으니 그 말을 '한 번만은 본다'로 고치도록 하자. 그 '한 번'을 마지막으로 미뤄놓기 위해 다른 사람을 통해 이 편지를 전해주고자 한다. 둘째, 내가 하려는 일이 무엇인지는 묻지 않겠다고 약속해다오. 왜냐하면 네 질문에 답을 하면 더욱더 네가 나를 무시하게 될 거라는 생각이 들기 때문이다. 지금 이 구절을 읽는 순간 이 약속을 할 수 없다면, 그만 읽고 불에 태워버리든지 아니면 찢어서 쓰레기통에 넣어버려라. 그럼 네가 마음을 정한 바에 따라 다음 장을 읽든지 말든지 하기 바란다.

오십 고개를 직면하고 있는 나는 몇 개월 전 처음으로 인생에 대해 진지하게 생각해볼 마음의 여유가 생겼다. 우연하게 가진 이 기회에, 나는 끝맺음을 준비해야 할 단 한 번 주어진 나 자신의 인생이 너무나 무의미했다는 것을 확인했다. 그것을 깨달은 이상 도저히 그대로 받아들일 수가 없었다. 경쟁심에서 빚어진 어느 정도의 사회적 성공, 그에 따른 경제적인 안락함과 흔히 이야기하는 단란한 가정이 오히려 나를 천천히 목 졸라 죽이고 있다는 느낌이 들기 시작했다. 나는 혼자 감당할 수 없는 초조함으로 수많은 밤을 잠 못 이루고 지새워야 했다. 날이 갈수록 불안과 초조감은 심해져만 갔고, 난 결국 그 방면에서 이름 있다는 어느 정신과 전문의를 찾았다. 일주일에 사흘, 한 번에 두 시간씩을 상담한 후, 의사는 내가 '미드 라이프 크라이시스'에 처해 있다는 결론을 내렸다. 그때 나는 그저 비싼 진료비를 미친놈에게 사기당했다는 정도로만 생각했다.

그 후 불안과 초조로 잠 못 이루는 것은 나아졌지만, 나는 나를 붙잡고 있는 모든 것에서 의미를 찾기 위해 그것들 하나하나의 가치를 다시 따져보기 시작했다.

성공…… 상대적인 것으로 끝이 없는 거다. 성공이라는 요물이 자신의 인생을 되돌아보지 못하고 하루하루 살아가게 하지. 가족…… 가족의 훈훈함은 좋은 거다. 그러나 훈훈함을 맛보는 대가로 가식을 가져야 돼. 그 훈훈함이 가식이 주는 고통을 보상하지는 못해. 사랑…… 바로 속박의 굴레다.

성공·가족·사랑, 이 세 가지에서 벗어나지 않고는 사람은 결코 자유로워질 수 없어. 자유롭지 못하다면 행복할수도 없는 거다. 나는 행복해지기로 결심했지. 그러기 위해 내가 이루어놓은 성공을 팽개쳤고 가족과 헤어지기로 했다.

이쯤 되면 네가 물어올 당연한 질문은, "세상 사람들이 중요하다고 여기는 모든 가치들을 헌신짝처럼 버린 네가 그것을 정당화할 어떤 인생을 추구할 것이냐?"는 것일 게다. 네 말대로 내가 다른 사람을 희생시켜가며 멋대로 사는 꼴이 될 가능성이 나를 무한히 괴롭히고 있는 것도 사실이다.

그러나 사람이라면 세상에 태어나서 적어도 한 번쯤은 자기 존재의 필연성을 정당화할 수 있는 일을 하려고 노력해야 된다고 생각한다. 5년 후, 10년 후, 20년 후 어떻게 될 것인지…… 바보가 아니라면 '서서히 찾아오는 죽음'을 무기력하게 기다린다는 것이 얼마나 비참한 것인지 너도 알 것이다. 정당화할 수 있는 좋은 일이란 자기의 능력과 취향에 따라 여러 가지가 있을 수 있겠지. 장황하게 늘어놓지 않더라도 훌륭한 음악, 훌륭한 그림, 훌륭한 책, 훌륭한 건축물, 훌륭한 연극, 훌륭한 영화 등등 이 모든 것이 수백 년 수천 년 동안 국경이나 인종 또는 경제 및 교육 수준을 초월하여 수많은 사람들에게 기쁨을 주어오지 않았더냐.

몇 년 전, 나는 열심히 얼음 조각을 하는 한 사람을 보았다. 곧 녹아 없어질 것을 이리저리 애써 깎고 다듬어 작품이랍시고 만들고 있는 사람이 얼마나 불쌍하게 보였는지 모른다. 지금 생각하니 바로 그러한 얼음 조각을, 소수의 사람을 제외하고는, 모두가 기쁜 마음으로 하고 있는 거다. 혼신의 노력을 기울여 조각한 얼음이 곧 녹듯이, 우리가 하는 일 거의가 때만 조금 다를 뿐 곧 사라질 것이라는 얘기다.

나는 너무나 훌륭한('사랑'이란 말을 쓰면 또다시 오해를 불러일으킬 것 같아 '훌륭한'으로 대체했다) 내 아내와 딸이 내가 곧 사라져버릴 얼음 조각을 하는 것을 보면 비웃을 거라고 생각했다. 궤변이라고 몰아세우겠지만 훌륭한 그들에게 받아들여지기 위해서라도 얼음 조각이 아닌, 대리석 조각을 해야만 되겠다고 결심했다.

마지막으로, '멋대로 살기' 위해 아내와 딸에게 상처를 주었는지 아닌지는 후에 판가름이 날 것이라고 믿는다. 내가 목적하는 바를 이루기 위해서는 그들로부터의 완전한 해방이 필수적이라는 것을 이해해주기 바란다.

그것은 내가 천재가 아니기 때문이다.

FOR YOUR EYES ONLY.

승혁

네 장으로 된 편지를 다시 읽은 나는 너무나 생소한 승혁의 인생관에 어리둥절했다. 거실 창밖으로 시선을 돌려 한산한 밤거리를 내려다보았다. 내일 아침이면 다시 북적거릴 저 거리들을 매일 오가는 수많은 사람들 중에 얼마나 많은 사람이 승혁과 같은 사치스러운 인생관을 가질 수 있을까 의심스러웠다.

한 가지 아쉬운 점은 그가 성취하려는 일에 대해 희미한 윤곽조차도 찾아낼 수 없다는 것이었다. 편지에 나열한 몇 가지 '좋은 일' 중 '훌륭한 건축물'이란 것이 있기는 했으나, 단순히 훌륭한 건축물을 한국에 짓기 위해 가족

32

에게 혹독한 벌을 내린다는 것은 나로서는 도저히 이해
할 수 없었다.

석영이 이 편지를 읽는다면 어떤 반응을 보일지 궁금
했다. 승혁의 행동이 '사랑을 위한 도피'가 아니라 '어떤
목적을 위한 행위'였다는 것을 석영이 알게 되면 마음의
상처가 훨씬 줄어들 것이라 확신했다. 생각이 여기에 미
치자, 석영을 직접 만나 설명하기로 작정했다. 그러자
나를 괴롭히던 고통에서 다소 놓여날 수 있었다.

다음날 방송국 사장에게 개인 사정으로 미국에 갈 일
이 있다며 휴가를 요청했다. 그는 나의 요청을 기꺼이
받아들였다. 더구나 3년 뒤에 다가올 88서울올림픽의 성
공적인 방영을 위한 미국 내 방송계 시찰이라는 명목을
붙여 몇 군데 공식 방문 일정을 여행 스케줄에 넣음으
로써 공무 수행을 위한 해외출장 형식을 취하게 해주었
다. 논설위원으로서 제법 입바른 소리를 잘하기로 정평
이 나 있는 나에게 마음의 짐을 지우려는 사장의 속셈을
모르는 바 아니어서 마음에 썩 내키지는 않았지만, 석영
의 심리상태가 염려되어 그의 호의를 두말 않고 받아들
였다.

* * *

내가 시카고행 비행기에 탑승한 것은 사흘 후 오후였다. 떠나는 날 아침 승혁에게 전화를 걸었으나 그는 외출 중이었다. 떠날 때까지 그의 전화를 기다렸지만 오지 않아 부득이 그가 묵고 있는 호텔의 프런트 데스크에 "미국에 여행 가는 길에 석영을 만나기로 했다"는 메모를 남겨두었다. 그리고 내가 묵을 미국 호텔의 전화번호도 알려주고 무슨 일이 있으면 전화할 것을 당부했다.

배정된 좌석에 안내되어 읽을 만한 책 두어 권을 좌석 앞주머니에 넣었다. 그리고 윗옷과 넥타이를 스튜어디스에게 건네준 다음, 털썩 좌석에 주저앉았다. 그때서야 비로소 나를 초조하게 했던 모든 것으로부터 해방되었음을 느낄 수 있었다. 이 해방감은 가족으로부터, 직장으로부터, 시간이라는 시한폭탄으로부터 그리고 애환의 일상으로부터의 탈출에서 오는 것일지도 몰랐다. 문득 이러한 해방감이 승혁이 말했던 해방과 그 형태는 다르다 하더라도 원천을 파고들면 같은 맥락이 아닐까 자문해보았다. 그런 의미에서 승혁이 추구하는 해방은 목적을 달성하기 위한 적극적인 형태인 반면, 내가 무의식적으로 기회 있을 때마다 추구하는 것은 단순한 탈출만을 위한 소극적 형태일지도 모른다는 생각이 머리를 스쳤다.

예이츠의 시집을 읽으며 서너 잔의 양주와 포도주를 마셨다. 「비잔티움으로의 항해(Sailing to Byzantiun)」에 나오는 "노인은 막대기 위의 누더기 옷같이 보잘것없는 것……. 그 삶의 누더기 조각조각마다 영혼이 손벽 치고 노래하고, 더 크게 노래하지 않는다면"이라는 시구가 인상적이었다. '막대기 위의 누더기 옷'으로 묘사된 노인을 '기념비적인 노인'으로 급전시킨 시인의 언어 구사능력이 놀라웠다.

그다음 미국의 타락한 저질문화를 대변하는 권투영화를 속으로는 빈정대면서도 재미있게 보았고, 입보다는 눈을 위한 것 같은 음식을 두 차례나 대했다. 열세 시간 후 도착한 시카고 오하라 공항은 세계에서 가장 번잡한 공항이라는 명성을 뽐내기라도 하듯 북적거렸다.

출구를 나오면서, 나는 늘어선 환영객 속에서 석영의 얼굴이 보일까봐 신경이 쓰였다. 떠나기 전 공항에는 나오지 말라고 신신당부를 했으나 혹시 탑승자 명단을 알아보고 나와 있지나 않을까 걱정이 앞섰다. 내가 그녀에게 나오지 말라고 한 이유는 20년 전 공항에서 처음 보았던 기억을 잃고 싶지 않아서였다. 나는 그 장면을 한 점의 채색도 없이 언제까지나 간직하기를 원했다.

나는 미시간 호숫가에 위치한 힐튼호텔에 들었다. 호텔에 도착했음을 알리려고 석영에게 전화를 걸었을 때, 차분히 가라앉은 그녀의 목소리에 적이 안심이 되었다. 호텔 식당에 전화를 해 한눈에 호수가 보이는 제일 좋은 자리로 예약한 후, 근래에 느끼지 못했던 흐뭇한 마음으로 석영과 약속한 시간을 기다렸다.

약속시간에 맞춰 식당문을 들어서면서 창가 탁자에 앉은 석영의 낯익은 뒷모습을 보았다. 그녀는 처음 보았을 때처럼 검은색 윗옷을 입었지만 그때와 달리 짧은 머리를 하고 있었다. 살짝 드러난 목덜미의 흰 살결이 그녀가 처한 애처로움을 무언으로 대변하는 것 같았다.

나는 그녀의 뒤로 살며시 걸어갔다. 그녀는 손으로 턱을 받친 채 미시간 호를 바라보며 깊은 사색에 잠겨 있었다. 나는 그녀 옆으로 다가가 손을 내밀었다. 깜짝 놀라 올려다보는 그녀의 눈과 마주쳤다. 나이를 아름답게 넘기는 많은 여자들이 그렇듯, 젊었을 때보다 약간 야윈 것 외에는 오히려 아름다움의 성숙기를 맞이한 것처럼 보였다.

그녀는 자리에서 일어나 나의 손을 맞잡았다.

"대식 씨를 보니 얼마나 반가운지 모르겠어요. 긴 여행에 피로하시겠어요."

내 눈을 바라보며 석영은 마치 둘만이 간직하고 있는 비밀스러운 이야기를 하듯 그렇게 속삭였다.

　우리는 자리에 앉아 브랜디를 주문했다. 그리고 식당 벽에 걸린 '폴 고갱'의 복사품이 소재가 되어 중세기 미술작품에 관해 이야기를 시작하게 되었다. 식사 도중 우리는 승혁에 관한 이야기는 꺼내지 않았다. 테이블에 후식이 놓였을 때쯤에는 중세기의 유명한 화가와 작품의 특성을 거의 망라한 다음 '피카소'까지 왔다가 벽화 〈게르니카〉가 빌미가 되어 '스페인 내란'이라는 정치 · 역사적 사건에까지 대화가 이르렀다.

　만약 누군가 우리들을 관찰하고 있었다면, 우리가 이곳에서 만난 이유를 상상할 수 없었을 것이고, 우리 사이의 대화를 엿들었다면 그녀의 잘 정돈된 지식에 고개를 숙였을 것이다.

　우리 둘 사이에 어색한 침묵이 찾아왔다. 석영은 브랜디 잔을 만지작거리다 나를 바라보았다. 나는 현실을 피해갈 수 없는 처지를 한없이 야속해하며 조용히 이야기를 시작했다.

　"한 가지 석영 씨에게 확인할 게 있어요."

　"말씀하세요."

　"전번에 통화할 때, 승혁이 석영 씨가 싫으면 보지 않아도 좋다고 했지요?"

"그래요."

조금도 주저하지 않고 말하는 그녀를 보고 다소 자신감을 회복했다.

"또 승혁이 원한다면 그 여자와 살아도 좋으니 이혼만은 안 된다고 했지요?"

"그것도 사실이에요."

그녀의 목소리에 확신이 담겨 있었다.

"아직도 그 마음 변하지 않았나요?"

"네, 조금도 변함이 없어요. 아직도 같은 생각이에요."

나는 안도의 한숨을 내쉬고 앞에 있는 브랜디를 단숨에 들이켰다.

"석영 씨, 그런 각오라면 문제는 벌써 해결된 거나 다름없어요. 내가 아는 대로 승혁이 겪은 심경의 변화를 자세히 설명할 테니 오해 없이 그대로 들어야 해요. 석영 씨의 각오가 지금과 같다고 한다면 승혁이 돌아오는 것은 시간문제예요."

그녀는 다소곳이 고개를 숙인 채로 가만히 듣고만 있었다. 그러한 그녀의 모습이 몹시 측은해 보였다.

나는 승혁과의 만남과 그의 편지를 근거로 하여, 물론 석영이 듣기 좋게 표현을 조금씩 바꾸기는 했지만 거짓

없이 이야기해주었다. 아무런 표정 없이 고개를 숙인 채로 듣고 있던 그녀는, 승혁이 가정을 떠난 이유를 이야기하는 대목에서 믿어지지 않는다는 듯이 고개를 들어 잠시 나를 응시했다. 조금 전까지 보였던 측은한 표정이 아니라 차가운 눈길이었다. 나는 장황하게 손짓을 해가며 다시 설명했다. 능력 있고 철학을 지닌 40대 중반의 남자로서 흔히 그런 생각을 할 수 있고, 그것을 시행하려는 용기를 가진 극소수 중의 한 명이 승혁일 거라고 덧붙였다. 그러는 동안 석영은 아무 표정도 없이 내 눈만 뚫어지게 쳐다보았다. 그녀의 눈에서 그런 차가운 시선이 나올 수 있으리라고는 상상조차 할 수 없었다.

"그이가 여자 때문이 아니고 무엇인가를 이루려고 가정을 버렸다는 거예요?"

그녀의 조용하면서도 단호한 질문이 내 말을 가로챘다.

"맞아요. 초점은 바로 그겁니다. 승혁은 그 여자를 조금도 사랑하지 않아요. 승혁에게 잠깐 스쳐가는 여자에 불과해요."

"그런데 무엇을 이루겠다는 건가요?"

"그것은 나도 모르겠어요."

"추측도 못하시겠어요?"

"네, 지금 상태에서는요."

"추측조차 하실 수 없으면 확실한 것이 아니잖아요?"

"아니오, 확실해요. 승혁이 무엇인가를 이루려고 한다는 것만은 내가 확실히 알아요. 여자 때문이 아니라는 건 확실해요."

그렇게 말하면서 나는 주머니에서 승혁의 편지를 꺼내 석영 앞으로 내밀었다.

석영은 그 편지를 받아 핸드백에 넣은 다음 아무 말 없이 브랜디 잔을 만지작거리며 무슨 생각에 깊이 잠기는 듯했다. 나는 그녀를 방해할 의도는 조금도 없었다. 지금까지 들은 이야기를 잘 이해해 승혁이 애정 도피를 하지 않았다는 것만 확실히 믿어주기를 바랐다. 총명한 사람이니까 시간을 주면 그렇게 되리라 믿었다.

한참 만에 석영은 창 쪽으로 고개를 돌렸다 그녀의 뺨을 타고 내리는 눈물을 테이블에 놓인 촛불이 비춰주었다. 손수건을 꺼내 눈물을 닦은 후 석영은 다시 고개를 내 쪽으로 돌렸다. 술잔을 만지작거리더니 조용하고 감정이 섞이지 않은 냉정한 목소리로 말하기 시작했다.

"그이가 저에게 청혼을 했을 때부터 지금까지 한시도 그이가 제 생명이라는 것을 잊어본 적이 없어요. 저는 제 모든 것을 하나도 빠짐없이 바쳐왔어요. 죽을 때까지 그렇게 하려고 했고요."

석영이 목이 메이는 듯 잠시 말을 멈추었다.

"그런 내게 그이는 어떻게 이런 잔인한 행동을 할 수가 있어요? 저는 그이가 죽으라고 했으면 죽기까지 했을 거예요……."

"석영 씨, 아까 내가 확인한 사실을 기억해봐요."

"기억하고 있어요. 또 아직은 그 마음에 변함이 없어요. 젊은 여자와 사랑에 빠져 애정 도피를 했다고 하더라도, 나는 그이를 철저히 내 생명과 같이 사랑하기 때문에 그이를 탓하지 않을 결심이었어요. 사람은 누구나 실수를 할 수 있는 것 아니에요? 그런 줄 아는 제가, 특히나 평생을 사랑해온 사람이 한 번 실수를 했다고 탓할 수는 없어요."

"석영 씨, 승혁은 그 여자를 사랑하지도 않고 사랑할 수도 없어요."

"알아요. 하지만 만일 그 여자를 진정으로 사랑한다 하더라도 그이가 돌아오기를 죽는 날까지 원망하지 않고 기다렸을 거예요."

"승혁의 마음은 머지않아 곧 변하게 될 거예요."

"아니에요. 설사 그렇다 하더라도 저한테 입힌 상처는 영원히 치유될 수 없어요. 사랑이라는 감정에서 나온 행동이 입힌 상처가 아니고, 계산된 냉정한 행동이 입힌 상처예요. 이러한 상처는 치유될 수가 없어요."

"석영 씨, 모든 것을 너무 이론화해서 실제보다 복잡하게 만들지 말아요……."

"복잡하게 만드는 것이 아니고 복잡하던 것이 아주 간단해졌어요. 저와 정해는 그이의 이기심에 희생당했어요. 그러한 이기심을 20년 이상 같이 살면서 조금도 눈치채지 못했다고 생각하니, 저는 그이를 전혀 몰랐던 거예요. 그간 저와 그이는 완전히 남남이었다는 것을 이제 알았어요……."

"석영 씨, 그것은 논리의 비약이에요. 좀 더 신중히 생각해봐요. 석영 씨가 너무 뒤틀리게만 보는 것 같아요."

"그럴지도 모르지요. 하지만 한 가지 부정할 수 없는 것은 그이의 행동이 충동적인 것이 아니고, 완전히 계획적이었다는 거예요……."

그렇게 이야기하는 석영의 표정에는 놀라울 정도의 냉정함이 서려 있었다. 그녀의 얼굴이 매우 창백하게 보였다. 그것은 연약함보다는 강인함을 발산하고 있었다. 얼마 동안의 침묵이 흘렀다.

"저도 철저히 복수하겠어요."

혼잣말처럼 나지막이 중얼거리는 그녀에게 나는 아무 말도 할 수가 없었다. 우리 사이에 잠시 침묵이 흘렀다.

42

"대식 씨, 들어가볼게요. 여러 가지로 고마워요. 피로하실 텐데 푹 쉬세요."

순간 그녀는 마치 아무 일도 없었다는 듯 태연하게 말했다.

나는 그녀의 완강한 거부에도 불구하고 그녀를 혼자 그대로 보낼 수 없어 같이 택시를 탔다.

집까지 가는 동안 아무 말이 없던 그녀가 집이 가까워졌을 때 자신에게 하듯 입을 열었다.

"제가 얼마나 타락할 수 있는지 알아봐야겠어요."

그 순간 나는 '철저한 복수'가 무엇을 의미하는지 알 수 있었다. 숨이 막힐 것 같았다.

어둠 속에서 얼마 전까지 승혁과 그녀가 같이 살았던 저택이 모습을 드러내기 시작했다. 그 문 앞에 서자 허허벌판 같은 큰 집에 그녀가 홀로 버려진 채 흐느낄 거라는 생각으로 가슴이 아파왔다. 헤어지기 전 문 앞에서 나는 그녀를 와락 껴안으며 말했다. "Don't…… Don't do it. If you do, I will kill you(안 돼…… 그러지 말아요. 만약 당신이 그런다면, 당신을 죽여버릴 거요)."

나는 그녀의 대답을 기다리지도 않고 돌아서서 뛰었다.

＊ ＊ ＊

미국 여행에서 돌아온 다음날 아침 승혁이 머무는 호텔로 전화를 했다. 그사이 승혁이 숙소를 다른 곳으로 옮겼는지 프런트에서 승혁의 다른 연락처를 알려주었다. 변두리 작은 호텔이었다.

승혁에게 전화를 걸어 저녁에 방송국 근처 커피숍에서 만나기로 약속하며, 미국 출장 중 시카고에서 석영과 만났다는 말도 덧붙였다.

저녁 6시경 약속한 커피숍으로 들어서자 승혁이 그곳에서 기다리고 있었다. 승혁은 내가 자리에 앉자마자 석영의 안부를 묻는 대신 주머니에서 수표 몇 장을 꺼냈다. 그리고 자기의 '전 재산'을 맡긴다는 말을 덧붙이며, 내 앞으로 밀어놓았다. 나는 그것을 무시하고 눈으로 그에게 설명을 재촉했다.

"이 수표들을 네가 좀 관리해줘야겠어."

그렇게 시작한 그의 부탁은 매달 대졸 신입사원의 초임 정도 되는 금액을, 주소가 일정치 않을 터이니 알려주는 주소로 자신에게 부쳐달라는 것이었다.

"그 돈으로 살기 힘들걸?"

"아니야. 그 돈으로 살 수 있어야만 내가 필요로 하는 사람들의 체취를 맡을 수 있어. 그래야지만……."

그는 말끝을 흐렸다.

"아 참! 석영이 만나서 어떻게 됐니?"

그는 본론은 끝이 났다는 태도로, 석영에 관해서는 마지못해 안부를 묻는 태도로 질문을 던졌다.

"석영 씨가 큰 충격을 받은 것 같더라."

나는 심각한 표정으로 말했다.

"석영에게 뭐라고 했는데?"

걱정스럽다기보다 좀 짜증스러운 표정으로 그가 물어왔다.

"네가 그 여자를 사랑하기 때문이 아니고 뭔가 하고 싶은 일이 있기 때문에 떠나왔다고 했다."

"왜 그렇게 얘기했어?"

그는 나를 원망하는 투로 말했다.

"석영 씨가 받은 마음의 상처를 조금이라도 덜어주기 위해서……."

"그건 실수야. 너는 여자를 몰라."

승혁이 단호히 말했다.

"무슨 얘기야?"

"여자에게 진실은 항상 역효과를 내게 되어 있어. 여자에게는 말이야. 항상 진실보다는 거짓말이 효과가 있어. 너도 살다 보면 이해하는 날이 올 거야."

그는 무슨 훈계를 하듯 말했다.

"무슨 일이 있더라도 철저히 복수하겠다고 하더라."

내 말에 그는 너털웃음을 터뜨렸다. 석영의 말을 여자의 순간적인 앙탈쯤으로 치부하는 듯했다.

"석영에게는 그런 용기가 없어. 그리고 누군가가 석영이 그렇게 될 때까지 놔두진 않을 거야."

승혁은 끝내 걱정하는 빛을 나타내지 않았다. 그가 자리에서 일어났다. 나도 그를 따라 일어날 수밖에 없었다.

차로 데려다주겠다는 내 제의를 그는 받아들였다.

승혁을 태우고 가던 중 차가 남대문을 지나게 되었다. 남대문이 차창으로 시야에 들어오자 승혁은 무엇에 홀린 사람처럼 정신을 잃고 남대문만 응시했다.

"왜? 그곳에 숨겨놓은 애인이라도 있냐?"

내가 빈정대었다.

"기가 막힌 애인이지……."

그는 혼잣말처럼 중얼거리며 남대문에서 시선을 떼지 않았다.

승혁을 호텔 앞에 내려주고 집으로 향하면서 승혁의 오늘 저녁 언행으로 미루어보아 당분간은 도저히 결심을 바꾸기가 어려우리라는 판단이 들었다. 나름대로는 좋은 중개자가 되고자 애를 썼지만 결국 아무 도움도 주지 못했을 뿐만 아니라, 승혁이 애정 도피 행각을 벌인 것이 아니라는 사실을 석영이 알게 됨으로써 오히려 문제를 악화시켰을지도 모른다는 생각이 들어 몹시 괴로웠다.

나는 집으로 들어오자마자 석영에게 전화를 걸어 도움이 필요하면 회사든 집이든 조금도 지체 말고 연락하라고 말했다. 놀랍게도 석영은 이제 승혁에게 어떠한 미련도 가지고 있지 않은 듯했다.

그녀는 집을 처분하고 당분간 친정으로 가 있다가 시카고 시내의 아파트를 얻는 대로 이사하겠다고 했다. 또한 적당한 직업을 얻기 위해 여러 친구들에게 부탁해놓았으니 잘될 거라고 매우 차분한 목소리로 이야기했다. 내가 걱정할지도 모른다는 생각에선지, 자신이 취직하려는 것은 경제적인 이유가 아니라며 자기 모녀가 경제적으로는 걱정하지 않도록 승혁이 미리 손을 써놓았다는 말까지 덧붙였다.

오늘 통화에서는 그녀가 오히려 나를 위로하는 쪽이어서, 석영이 격한 행동은 결코 하지 않을 것이라는 확신이 들어 마음이 가벼워졌다.

* * *

그 이후로 약 반년 동안은 내가 석영과 정해에게 전화를 걸어 간단한 안부를 묻는 것 이외에는 별다른 일이 없었다. 전화 통화로 판단컨대 정해는 예상했던 대로 한국의 그 나이 또래들이 느낄 수 있을 법한 정도의 충격은 받지 않았던 것 같았다.

그 후 반년쯤 더 지난 어느 날 아침이었다. 그러니까 시카고에서 석영을 만난 지 거의 일 년이 지난 때였다.

전날 밤 대책 없이 마신 술로 인해 늦게 출근한 나는 정해에게서 급히 연락해달라는 전화가 왔다는 전갈을 받았다. 나는 불안한 마음으로 급하게 전화기 버튼을 눌렀으나 정해는 외출 중이었다. 석영의 아파트에도 전화를 했으나 통화가 되지 않았다. 나의 불안감은 극도에 달했다. 지난 일 년 동안 좀 더 자주 연락을 하지 않은 나의 불찰을 후회하며 석영과 정해에게 제발 아무 일이 없기를 빌었다.

사랑하는 남편으로부터의 연락을 간절히 기다리며 견디기 어려운 고독감과 깊어만 가는 마음의 상처를 달래며 수많은 밤을 눈물로 지새웠을 석영의 애처로운 모습이 떠올랐다. 분노가 일었다. 그 분노는 다시 지금쯤 어디서 자기 멋대로 살고 있을 승혁에 대한 적개심으로 변했다.

두 시간 남짓 계속된 시도 끝에 정해로부터 들은 소식은 내가 생각했던 것과 너무나 동떨어진 이야기였다. 일주일 후에 석영이 결혼을 한다는 것이었다. 결혼 상대자는 아내와 사별하고 오랫동안 승혁의 가족과 가까이 지낸, 내 또래의 한국인 의사 닥터 김이라고 했다. 혹시 시간이 되면 결혼식에 참석해달라는 부탁이었다.

나의 불길한 예감이 빗나간 것에 일단은 안도의 한숨을 쉬었으나 전화를 끊으면서 동시에 허탈감이 무섭게 밀려들었다. 문득 모든 것을 팽개치고 사람의 발길이 닿지 않는 어느 먼 고도로 떠나버릴까 하는 생각이 뇌리를 스쳤다. 나는 곧 정해에게 다시 전화하여 불행하게도 석영의 결혼 날짜와 이곳의 중요한 회의가 겹쳤다고 핑계를 댔다. 어머니가 축하 전화를 받으면 매우 기뻐할 거라고 정해가 말했으나 간단히 축하전보를 보냄으로써 석영의 목소리를 직접 들어야 하는 고통을 피할 수 있었다.

승혁이 얼마 전 알려준 송금처 주소를 가지고 여러 경로를 거쳐 승혁에게 연락이 닿았다. 석영의 결혼 소식을 알리며 '일주일 후'라는 말에 특히 힘을 주어, 이제 막으려 해도 어쩔 수 없다는 것을 암시해주었다.

그는 석영의 결혼 이야기를 듣고도 조금도 놀라지 않았다. 뿐만 아니라, 오히려 당연한 귀결로 생각한다는 투였다.

"그것 봐. 누군가가 석영을 타락하도록 놔두진 않을 거라고 했잖아?"

그녀의 상대가 누군지 궁금한 기색도 없었다.

"상대가 누군지 궁금하지도 않니?"

"누구든 석영이 택했다면 좋은 남잘 거야."

"닥터 김이라고 하더라."

"아, 그거 참 잘됐네! 그 친구 정말 신사지. 그리고 정해도 좋아할 거야……."

그는 마치 자기 딸이 좋은 남자에게 시집을 가게 된 것으로 착각이라도 한 듯 행복한 목소리로 지껄여댔다. 나는 조용히 수화기를 내려놓았다. 그러면서 내가 수화기를 내려놓은 줄도 모르고 계속해서 지껄여댈 그를 상상했다.

그간 승혁은 전화로 세 번쯤 송금처를 바꿔달라는 요청을 해왔었다. 두 번째 송금처부터 서해안에 위치한 어촌들이었던 것으로 보면, 그리고 그곳에 더 오래 머무는 것을 보면, 그는 서해안을 장기간 여행하는 모양이었다. 놀랍게도 그는 송금해달라는 액수를 바꾸지 않았는데,

"그 돈으로 어떻게 살아나갈 수 있는지 궁금하다"는 내 말에, "여행까지 하면서도 남아돈다"며 너털웃음으로 화답했다.

세상 안의 삶, 세상 밖의 꿈

　석영과 닥터 김이 결혼식을 올린 후 8개월 정도 지났을 무렵 정해로부터 전화가 왔다. 그 전날 닥터 김이 자신의 기숙사로 찾아와 저녁을 같이 먹었다며 둘 사이에 나눈 대화 내용을 전해주었다. 간단히 요약하면, 닥터 김이 독일의 하이델베르크 대학에 교환교수로 가기로 했는데, 그 진정한 이유는 석영의 괴로움을 줄여줄 목적으로 석영과 별거하기 위해서라는 것이었다. 닥터 김이 정해에게 한 말의 핵심은, 승혁에 대한 석영의 사랑이 조금도 변하지 않았으므로 석영의 파멸을 막기 위해서는 석영과 승혁 두 사람이 재결합하는 방법밖에 없다는 것이었다. 닥터 김의 의견을 전하면서 정해는 내게 승혁을 만나 재결합의 가능성을 타진해달라고 부탁했다.

나는 한 달 전 승혁이 자신이 머물고 있는 동네의 가 겟집 전화번호를 알려주면서 급한 일이면 연락하라던 곳 으로 전화를 걸었다. 가겟집 주인에게 부탁해 조금 기다 렸다가 승혁과 통화할 수 있었다.

그로부터 사흘 후 나는 주말을 이용해 충남 웅천역 부 근의 한 다방에서 승혁을 만났다. 승혁은 나를 보자마자 내 의사도 묻지 않고 다짜고짜 충청도 제일의 미녀가 있 는 술집으로 가자며 자리에서 일어났다. 다방을 나와 승 혁과 나는 내 차에 올라탔다. 충청도 제일의 미녀가 있 는 술집으로 가자는 승혁에게 미국에서 데리고 온 여자 에 관해 차를 몰면서 물어보았다. 그 여자는 서해안의 어촌으로 온 지 한 달도 안 돼 시골 생활을 못 견뎌 도망 가버렸다고 아무 일도 아닌 것처럼 말했다. 그런 태도로 보아 승혁이 그 여자를 향해 애초부터 어떤 애정의 감정 을 품었을 리는 없는 듯했다.

"왜? 힘이 좀 달렸나? 너도 이제 40대 중반이니 그럴 수도 있지."

나는 운전을 하면서 앞만 주시한 채 혼잣말처럼 말했 다. 승혁이 그 여자의 왕성한 성욕을 자랑 삼아 얘기한

적이 있어 그것을 빗대어 한 말이었다.

"성욕이 강한 여자의 특징이 뭔 줄 알아? 남자는 자기의 육체를 원하는 만큼만 사랑한다고 믿는 거야. 그리고 받은 만큼만 남자를 사랑하고."

"아주 간단하네. 성욕만 세면 그런 여자는 만사 오케이네."

"그건 사실이야. 정확히 그래."

"너도 성욕이 강하잖아? 그 여자한테 말이야."

"그런데 그게 안 그렇더라고."

"뭐가?"

"성욕이라는 건 음탕한 생각이 나야 되거든. 음탕한 생각은 여자가 좀 신비스러워야 생겨나는데 매일같이 붙어 있다 보니 신비라는 환상이 깃들 틈이 없더라고."

"그래서 제대로 남자 구실을 못했구면."

"영 제대로 안 됐어. 그러니까 나를 사랑하기는커녕 멸시하더라고."

"좋은 경험을 했구나."

나는 빈정대듯 말했다.

"아주 귀한 경험이지. 남자란 말이야. 남자 구실 제대로 못한다고 여자한테 차여봐야 진짜 남자가 되는 거야."

나는 속으로 쾌재를 불렀다. 이 경험으로 승혁이 세상 일이란 제멋대로 되는 것이 아님을 깨달았기를 바랐다. 그런데 곧이어 그는 덧붙였다.

　"넌 그런 경험 못해봤지? 꼭 한번 경험해봐. 그래야지만 겸손의 미덕을 배울 수 있는 법이야. 남자의 겸손은 정신수련이나 교육으로 배울 수 있는 게 아니거든. 그리고 말이야……."

　잠시 뜸을 들였다가 그는 계속해서 말했다.

　"여자의 진정한 가치는 그랬을 때 남자에게 하는 행동으로 나타나는 거야. 그 외는 다 거짓이야."

　나는 입을 다물어버렸다. 승혁의 기를 좀 꺾어보려고 시작한 대화가 어느새 그의 기를 오히려 세우는 방향으로 바뀌었기 때문이었다.

　얼마 안 가 승혁이 가리키는 골목길로 들어섰다. 그곳에 주차하고 승혁을 따라 시장 안에 있는 술집으로 들어갔다. 조그마한 술집은 소음과 담배연기로 가득 차 있었다. 노무자인 듯한 사람들이 여러 개의 탁자에 둘러앉아 돼지삼겹살에 곁들여 막걸리나 소주잔을 기울이고 있었다. 승혁은 빈자리를 찾아가며 그곳에 있는 대부분의 사람들과 구면인 듯 어깨를 치면서 아는 체했다. 여러 사람들이 승혁을 '영감'이라고 불렀다. 그러고 보니 노무자들 대부분은 마흔 살 아래로 보였다.

승혁이 자리를 잡자 주문도 하지 않았는데 창백한 안색의 여자가 소주병과 돼지삼겹살을 쟁반에 가득 차려서 들고 왔다. 작부로 보기 어려울 정도로 차분해 보이는 여자가 조용한 웃음을 띤 채 승혁의 옆에 앉았다. 그는 나에게 차 열쇠를 달라고 했다. 그곳 술집 주인에게 열쇠를 주며 내일 아침까지 차를 죽도에 갖다놓으라고 말하자 주인은 두말 없이 고개만 끄덕였다.

그 여자는 가스불을 켜서 불판에 고기를 올려놓았다. 여자가 자리를 뜨고 나서야 나는 말문을 열었다.

"충청도 제일의 미녀는 왜 안 보이니?"

"바로 저 여자야."

승혁은 주방 쪽으로 가는 여자를 턱짓으로 가리키며 말했다.

"저 여자가 충청도 최고의 미녀란 말이야?"

기껏 흔해빠진 술집 작부를 두고 충청도 최고의 미녀라니? 나는 어처구니가 없어서 피식 웃고 말았다.

"물론 충청도 최고의 미녀지. 아니, 한국 최고의 미녀일지도 몰라."

나는 주위를 둘러보았다.

"여기 이 사람들은 뭐하는 사람들이냐?"

56

"이곳 제방에서 공사를 하는 노무자들이야. 돌이나 흙을 나르는 트럭 운전사들도 있고……. 왜?"

"아니, 그냥 궁금해서."

"좋은 친구들이지. 머지않아 내가 이곳 헤게모니를 잡을 거야."

"그건 또 무슨 소리야?"

"여기 노무자들을 등쳐먹는 새파란 깡패 놈이 있는데, 그놈이 왕초 짓을 하고 있거든. 하루바삐 그놈을 내쫓아 버려야겠어."

"네가 무슨 힘으로 젊은 깡패 왕초를 때려눕히겠다는 거야?"

"방법이 있지. 벌써 반쯤은 해치운 거나 다름없어."

"어떻게?"

"내 왼쪽 눈 옆에 상처 보이지?"

승혁은 상처 자국을 가리켰다.

"그래서?"

"그놈이 던진 소주잔에 맞은 자리야."

"눈이 멀지 않은 게 다행이군."

"방금 여기 앉았던 미자라는 여자가 그놈 애인인데 내가 가로채야겠어."

바로 그때 모든 사람의 시선이 문 쪽으로 향했다. 레

슬링 선수 같은 건장한 체격의 사내가 청년 서넛을 거느리고 안으로 들어서고 있었다. 그들이 자리를 잡자 조금 전까지만 해도 웅성거리던 술집이 조용해졌다. 그들이 빨리 뭔가를 가져오라며 큰소리로 외쳐댔다.

"저기 몸 좋은 자가 네가 말한 깡패 왕초야?"

"맞아. 저 자식이야."

승혁은 내가 미처 말릴 사이도 없이 벌떡 일어나서 그들을 향해 삿대질을 해가며 소리를 질러대기 시작했다.

"야, 이 좆같은 새끼들아, 좀 조용히 해! 술맛 떨어져. 너희들이 임마, 이 집 주인이야 뭐야?"

그 말을 들은 왕초도 질세라 벌떡 일어나며, "저 미친 영감태기가 또 지랄이네" 하며 빈 소주잔을 이쪽으로 던졌다.

승혁은 날아오는 소주잔을 피한 후 옆에 놓인 소주병을 들고 그곳으로 돌진하려고 했다. 재빨리 일어난 내가 뒤에서 승혁을 잡지 않았다면 그 소주병은 아마 그놈의 머리를 부수었을지도 모를 일이었다. 왕초는 한바탕 욕지거리를 퍼부은 다음 재수가 되게 없다며 똘마니들을 데리고 나가버렸다. 그는 문 앞을 나서기 전 험상궂은 얼굴로 승혁을 향해 나중에 가만두지 않겠다고 윽박질렀다. 왕초가 나가고 나자 승혁은 술집 안을 휘둘러보았다. 그 순간 박수가 터져 나왔다. 그는 개선장군이나 된 양 그들에게 손을 들어 보였다. 승혁이 자리에 앉자 나는 어안이 벙벙하여 물었다.

"너 어쩌자고 그러니. 정말 소주병으로 그놈의 골통을 깨려고 했어?"

"천만에. 네가 말릴 줄 알았지."

승혁은 너털웃음을 터뜨렸다.

"그놈 도망가듯 나가는 거 봤지? 한두 번만 더 하면 그놈 맥을 못 출 거야. 벌써 노무자들의 마음이 나한테 쏠리기 시작했어."

나는 도무지 승혁을 이해할 수 없어 멍하니 바라만 보았다.

"여기는 희한한 곳이야. 언론의 자유가 살아 있는 곳이지. 때린 놈보다 얻어맞은 놈이 큰소리를 칠 수가 있거든."

"어떻게?"

"아까 내가 얘기했지? 지난번 그놈이 던진 소주잔으로 얻어맞았다고. 그때 병원으로 실려갈 정도로 늘씬하게 얻어맞아 창피스러웠는데 이상한 일이 일어나기 시작했어."

"……."

"그놈이 매일 병원으로 나를 찾아와서 사정을 하는 거야. 제발, 고소는 하지 말라고. 그때서야 요령을 깨달았지. 큰소리만 칠 수 있으면 무서울 게 없다고……."

"알았어, 알았어. 영감 왕초가 하나 생기겠구나."

나는 손을 저으며 승혁의 말을 막았다.

"왕초가 되는 건 좋은데 그럼 대리석 조각은 어떻게 된 거야?"

내가 빈정대듯 물었다.

"예술가란 말이야…… 진정한 예술가는 예술 외에 다른 목적이 있어야 돼. 하찮은 세속적인 목적 말이야. 그렇지 않으면 자신을 파멸시키게 되어 있어."

승혁이 당당하게 말했다.

곧이어 아까 왔던 작부가 승혁의 옆으로 와 앉았다. 작부는 승혁에게 술을 따르며 그 옆에 찰싹 달라붙었다. 그녀도 헤게모니가 바뀌고 있다는 사실을 파악한 모양이었다.

소주 몇 잔으로 나와 승혁은 얼큰한 기분이 되었다. 나는 드디어 원래 하고 싶은 이야기를 꺼냈다.

"며칠 전 정해와 통화를 했어……. 닥터 김이 정해한 테 한 얘긴데…… 석영 씨가 닥터 김과 결혼한 후로도 너를 잊지 못해 괴로워한다는 거야."

"당연하지 뭐."

승혁은 옆에 앉은 작부의 사타구니를 더듬으며 아무렇지도 않게 내뱉었다.

"그건 무슨 뜻이야?"

내가 다그쳐 물었다. 단숨에 소주 두 잔을 연거푸 들이켠 다음 승혁은 상체를 앞으로 숙이며 강의조로 말하기 시작했다.

"여자란…… 여자란 말이야. 다른 남자와 잠자리를 같이하고 난 후라야 첫 번째 남자가 아쉽다는 것을 깨닫게 되거든."

"그건 왜지?"

"그냥 진리야."

"그래서?"

"그러니까 말이야, 처음 얼마 동안은 전의 남자를 더 그리워하게 되지. 그러나 그것도 잠시뿐 얼마간 시간이 지나고 나면 다른 남자에게 적응하게 돼. 그러면 전의 남자는 원수처럼 보이게 되고. 석영은 내성적인 여자라 좀 시간이 걸리겠지만……."

"……."

"간단히 시간이 해결해줄 문제를 가지고 닥터 김, 그 친구가 공연히 걱정하고 있어. ……별것 아닌 것을 가지고 심각해하는 것은 결국 할 일이 없어서 그런 거야."

"다른 사람은 할 일이 없고, 그럼 너는 무슨 할 일이 그렇게 많은 거냐?"

"어, 나야 할 일이 많지. 너무 일이 많아 사소한 것은 눈에 들어오지도 않아."

"석영 씨의 불행도 사소한 일이니?"

"사소한 일 중의 사소한 일이지……. 시간만 지나면 모두 해결될 문제를 가지고 하늘이 무너지는 양 심각한 일로 받아들여 모두가 싸구려 멜로드라마를 만들고 있어."

승혁은 이미 닥터 김과 석영에게 어떤 고민이 있으리라는 것을 예견하고 있었던 모양이었다. 그런 사실로 판단컨대 승혁에게 석영과의 재결합 가능성을 타진해볼 분위기가 아니었다. 그래서 재결합을 종용해보려는 원래의 계획을 포기했다.

나는 침묵 속에 술잔을 기울였다. 오늘만큼은 술 마시는 데 있어서 그에게 지고 싶지 않았다. 얼마 후에는 옆자리에 앉은 한 무리의 노무자와 한덩어리가 되어 술잔을 주거니받거니 하며 꽤나 마셨다. 그들과 자리를 같이하고 나서 나는 곧장 정신을 잃었다. 여러 사람이 어울려 〈대전 부르스〉와 〈남행열차〉를 목청껏 소리 내어 열창했다는 기억밖에 없었다.

* * *

심한 갈증 때문에 눈을 떴다. 아직 해도 뜨지 않은 새벽이었다. 옆에서 부스럭거리는 소리가 나 돌아보니 승혁이 주섬주섬 옷을 입고 있었다. 나는 그때서야 승혁이 거처하는 방에서 잔 것을 알았다. 어젯밤 술에 취해 인사불성이었던 나를 승혁이 이곳으로 데려온 모양이었다. 나는 승혁에게 어디를 가냐고 물었다. 승혁은 바다에 놓아둔 통발을 걷으러 나간다며 같이 가고 싶으면 서두르라고 했다. 나는 머리맡에 놓인 물그릇을 들어 단숨에 들이켜고는 부랴부랴 옷을 입었다.

선착장으로 가면서 손목시계를 보니 겨우 새벽 5시였다. 배는 양수기 엔진을 탑재한 작은 목선이었다. 승혁은 공사 중인 제방 쪽으로 배를 몰고 갔다. 배가 제방 가까이 가자 승혁은 엔진을 껐다. 바다 위 곳곳에 플라스틱 부표가 떠 있었다. 부표에 매인 밧줄을 잡아당기니 통발이 딸려와 배 위로 올려졌다.

통발에는 여러 마리의 붕장어가 들어 있었다. 통발을 배 밑에 만들어놓은 물통에다 툭툭 털자 붕장어들이 다투어 물통 속으로 들어갔다. 게와 우럭도 간혹 들어 있었다. 50여 통의 통발을 그런 식으로 비워냈다. 비워진 통발은 차곡차곡 접어서 배에 실었다. 1시간쯤 후 우리는 다시 죽도 선착장으로 돌아왔다.

선착장에 서서 산등성이를 보았다. 100여 미터 위쪽 산등성이에 양철지붕을 한 외딴집 한 채가 눈에 띄었다. 그 집이 지난밤을 지낸 곳이라는 것을 알았다.

집에 올라온 후 승혁은 석유 곤로에 라면을 끓였다. 얼큰한 라면 국물은 해장국으로 손색이 없었다. 라면을 게눈 감추듯 해치운 승혁은 내게 서울에 갈 테면 가고, 하루 더 있을 테면 할 일을 주겠다고 했다. 그가 말하는 일이란 통발 속에서 이미 사용했던 고등어를 꺼내고 새 것으로 바꿔 넣어 매어달고, 저녁에 다시 바다에 던져넣어 야행성인 붕장어가 밤새 통발 속에 들어가면 오늘 새벽처럼 걷어올리는 것이었다. 그는 내 의사를 듣지도 않고 일어나 나가며 저녁 6시쯤 돌아오겠다고 했다. 일터가 어디냐고 묻자, 승혁은 축조 중인 제방을 가리켰다. 그곳에는 벌써 많은 사람들이 모여 있었다. 승혁은 그곳에서 돌 쌓는 일을 한다고 했다.

나는 무엇보다 얼른 술에서 깨어나고 싶어 아무 생각 없이 방으로 다시 들어가 자리에 드러누웠다.

잠에서 깨어났을 때는 11시가 가까워지고 있었다. 나

는 방을 나와 주위를 살펴보았다. 육지에서 2킬로미터 남짓 떨어진 2만 평 정도의 섬에 다섯 가구가 남향으로 띄엄띄엄 자리 잡고 있었다. 그중 산 뒤쪽에 있는 마지막 집이 승혁이 사는 집이었다. 방 두 개에 부엌이 딸려 있는 집이었다. 어떤 어부가 살다가 비운 것인지 돌과 흙을 버무려 쌓은 바람벽에 양철 조각들을 씌운, 다 허물어져가는 집이었다.

섬은 오래된 해송으로 꽉 들어찼고 바다를 면한 가장자리는 큰 바위들로 이루어져 있었다. 섬 주위를 한 바퀴 돌아본 나는 가장 높은 곳으로 올라가서 주위를 살펴보았다. 오른쪽으로는 대천해수욕장이 한눈에 들어왔고, 왼쪽으로는 무창포해수욕장이 자리 잡고 있었다.

육지와 섬을 사이에 두고 섬에서 500여 미터 되는 지점에서 남북으로 이어지는 4킬로미터의 거대한 방파제가 축조되는 중이었다. 80퍼센트쯤 공정을 끝낸 것처럼 보였다. 큰 트럭들이 돌과 흙을 실어나르느라 분주히 오가며 흙먼지를 일으키고 있었다. 여러 곳에 장치된 기중기가 트럭이 옮겨놓은 돌을 다시 바다 쪽으로 옮기느라 분주했다. 40, 50명의 노무자들이 돌을 쌓고 있었다.

승혁의 집으로 돌아온 나는 집 주위를 살펴보았다. 이제 얼마 안 있으면 여름으로 접어드는지라 승혁이 가꾸었을 밭에는 채소가 제법 자라 있었다.

50평 정도씩 나누어진 밭에는 고추·가지·파·들깨 등이 풍성하게 자라고 있었다. 닭장에는 네 마리의 닭이 한가로이 모이를 쪼고, 마당 구석의 돼지우리에서는 돼지 두 마리가 먹이통에 코를 박고 정신없이 먹이를 먹고 있었다. 쪽마루 밑에는 오늘 새벽에 걷어온 통발이 가지런히 놓여 있었다. 그것을 본 나는 승혁이 나가면서 한 말이 생각났다. 나는 처마 밑에 앉아 칼로 고등어를 알맞게 토막을 내 통발 속에 매다는 일을 시작했다.

무심히 일을 계속하다가 문득 아내에게 전화하는 것을 까마득하게 잊고 있었다는 걸 알았다. 나는 하던 일을 멈추고 '담배'라는 팻말이 붙은 가겟집으로 내려갔다. 가겟집 주인 노인에게 며칠 전 승혁에게 건 전화를 바꿔주었던 것에 고마움을 표했다. 그리고 전화요금보다 더 되는 돈을 건네며 아내에게 거는 전화를 빌려 썼다. 승혁과 같이 있는데, 내일쯤 서울로 돌아가겠다고 아내에게 말했다. 왠지 모르게 하룻밤을 더 승혁과 함께 지내고 싶었다.

승혁의 집으로 돌아온 나는 하던 일을 계속했다. 두어 시간 일을 하다 보니 배가 출출해져 부엌으로 들어갔다. 부뚜막에는 "배가 고프면 가겟집에 부탁해놓았으니 가서 점심을 먹어라"고 씌어진 승혁의 메모가 놓여 있었다.

가겟집에서 주인 노인과 몇 마디 나눌 기회가 있어 나는 승혁에 대해 이것저것 물었다. 그 노인의 말에 의하면, 승혁이 이곳으로 온 지는 6개월쯤 되었으며 워낙 부지런해서 여러 일로 짭짤한 재미를 본다고 부러워했다. 새벽에는 붕장어를 잡아 수입을 올리고, 낮에는 공사판에서 일당을 받는다는 것이었다.

"그 친구, 이런 데서 혼자 사는데도 외롭지가 않은 모양이죠?"

"그 사람, 천성이 외로움을 탈 깜냥이 아니유. 여기 노무자들이 얼마나 그 사람을 따르는데유……."

"그 친구, 전에는 뭘 했답디까?"

승혁이 노인에게 자신의 과거를 어떻게 둘러대었을까 궁금하여 물었다.

"……미국으로 이민 가서 노무자로 일하다가 왔다구 그러대유."

"그럼 처자식도 없답디까?"

"돈을 못 번다고 마누라 구박에 쫓겨왔대유. 이왕이면 고국에서……."

거침없이 대꾸하던 노인은 문득 의심이 들었던지 나를 찬찬히 뜯어보며 버럭 소리를 질렀다.

세상 안의 삶, 세상 밖의 꿈 67

"아니, 친구라는 양반이 어째 그것도 모르시유?"

나는 머쓱해져 입을 다물었다.

푸짐한 쌀밥과 조갯국으로 점심을 먹고 나니 다시 노곤해졌다. 집으로 돌아와 서너 시간 낮잠을 잤다.

잠에서 깬 후 방을 나섰다. 마당에 서서 바다공기를 들이마셨다. 마당 한구석에 있는 우리 속에는 돼지 두 마리가 무료하게 늘어져 있었다. 닭장 속에는 닭들이 꾸벅꾸벅 졸고 있었다. 청탁받은 원고의 초고나 잡아볼까 해서 방으로 다시 들어가려던 참에 옆방 문에 묵직한 자물쇠가 달려 있는 것이 눈에 띄었다. 이상한 예감이 들어 문틈으로 안을 들여다보았으나 컴컴해서 뚜렷하게 보이지 않았다. 조그마한 상 하나가 희미하게 눈에 띄었다. 벽은 여러 색상의 벽지로 도배되어 있는 듯했다. 벽지의 색상이나 형태가 호기심을 끌어 오랫동안 들여다보았다. 보면 볼수록 더욱더 이해할 수가 없었다.

가겟집 노인을 다시 찾아가 혹시 그 방의 열쇠가 없냐고 물었다. 노인은 펄쩍 뛰며 열쇠는 물론 없고 누구라도 그 방안은 보지 못하도록 승혁이 신신당부를 했다는 것이었다. 얼씬도 말라는 노인에게서 손전등을 빌려와 창호지의 일부분을 다시 붙일 수 있도록 조심스럽게 뜯어내고 손전등으로 벽을 비춰보았다. 창문도 없는 세

면의 벽에 여러 겹으로 너덜너덜 붙어 있는 종이 위에는 남대문 같은 모형도가 그려져 있었다. 여러 가지 축성 모형도와 주위 환경을 스케치한 것인 모양인데, 세 면의 벽이 그런 그림들로 꽉 들어차 있었다. 그것들이 여러 겹으로 되어 있는 것으로 보아 상상도 못할 규모의 축성 스케치라는 생각이 들었다. 나는 뛰는 가슴을 억누르고 곰곰이 생각해보았다.

승혁이 서울에 나타난 지 얼마 후에 남대문을 유심히 보았던 일과 남대문을 애인이라고 부른 때를 떠올렸다. 그제야 나는 승혁이 사랑하는 가족을 버리면서까지 이루려고 한 것이 무엇인지 어렴풋하게나마 짐작이 갔다. 승혁은 남대문과 연관 있는 어떤 건축물을 남기려는 것이 목적인 모양이었다.

생각이 거기까지 이르자 당장 그가 보고 싶어졌다. 나는 승혁을 찾아나섰다. 그가 아침에 작업 장소라고 가리킨 곳으로 걸어가는 도중에 나는 문득 자물쇠를 채운 방의 천장을 보지 않았다는 생각이 떠올랐다. 확실히는 모르겠지만 천장에도 어떤 형상이 그려져 있었던 것 같았다.

나는 오던 길을 되돌아갔다. 자물쇠가 잠긴 방의 창호지 한 귀퉁이를 벗겨 손전등을 집어넣고 천장을 향해 비춰보았다. 거기에는 선명하게 검은색으로 그려진 해골들과 이빨을 드러내고 웃고 있는 마귀할멈의 모습이 보였다. 글씨도 많이 씌어져 있었으나, 대부분의 글씨는 작아서 알아볼 수 없었고 붓으로 쓴 큰 글씨만이 보였다. 'mediocrity'(평범)와 'horror'(공포)라는 영어 단어가 여러 군데 씌어져 있는 것이 눈에 띄었다. 나는 창호지를 원래의 모양대로 붙이고 나서 그곳을 떠났다.

여러 노무자들이 모여 있는 제방까지 오자 한눈에 승혁을 찾아낼 수 있었다. 다른 노무자들보다 눈에 띄게 몸집이 큰 그는 돌을 부리는 기중기 운전사 패거리와 목청껏 소리 지르며 말다툼을 하고 있었다. 나는 수많은 노무자들 사이에서 설치는 승혁을 먼발치에서 유심히 보았다. 승혁은 함께 일하는 노무자들의 대표인 양 운전기사에게는 돌을 고르는 데 성의를 안 보인다며 큰소리로 외쳤고, 같이 일하는 노무자들에게는 빨리 움직이지 않는다고 소리를 질러댔다.

나는 그 자리에서 승혁의 행동을 오랫동안 보고만 있었다. 몸은 그와 멀리 떨어져 있었으나 마음은 승혁과 함께 작업을 하고 있었다. 얼마 동안을 정신없이 보고 있던 내 눈에 수평선으로 빠져들어가는 붉은 해가 들어왔다. 순간 수평선은 붉게 타올랐다. 마침내 해가 수평선 밑으로 숨어버리자 붉은 기가 도는 잔광이 푸른 하늘에 반사되어 작업장을 비춰주었다. 흉하게 그을린 얼굴들이 보기 좋은 붉은색으로 변했다.

수많은 노무자들 속에서 웃통을 벗어부치고 열심히 움직이고 있는, 몸집이 유난히 큰 한 남자……. 나는 순간 그 남자에게서 한없는 매력을 느꼈다.

조금 후 작업을 끝낸 승혁은 제방 위로 올라오다가 나를 발견하고는 씨익 웃었다. 이마에서 흐르는 땀을 목에 걸친 수건으로 훔치며 승혁은 내 어깨를 감싸안고 묵묵히 제방 위를 걸었다.

승혁은 나지막한 목소리로 서울에 간 줄 알았는데 있어주어 고맙다고 말했다. 아마 이 말은 서울에 불쑥 나타난 후 승혁이 처음으로 누구에겐가 고맙다는 말을 한 경우가 아닐까 싶었다. 점심은 어떻게 했느냐고 내가 묻자, 작업장 배식이 훌륭하다며 오히려 가겟집 음식이 먹을 만하더냐고 물었다.

우리는 잠자코 한참을 걸었다. 방파제와 죽도를 잇는 임시도로쯤 왔을 때 나는 고등어를 토막 내다 말고 나왔던 것을 떠올렸다. 그 말을 들은 승혁은 걱정 말라며 이따 함께 대천으로 가서 싱싱한 회를 사주겠다고 했다.

승혁의 집으로 돌아온 우리는 고등어를 토막 내어 통발 속에 잡아매는 작업을 했다. 내가 비린내 나는 고등어를 칼로 토막 내면 그는 능숙한 솜씨로 통발 속에 매달았다. 50여 통의 통발에 미끼를 모두 넣었다. 오늘 새벽처럼 목선을 타고 제방이 완성된 작업장 부근으로 떠났다.

해가 지고 난 후 제 세상을 만난 듯 넘실거리는 파도를 헤치며 우리는 밧줄을 당겨 거기에다 통발을 매달아 10여 미터나 되는 바다 밑으로 떨어뜨렸다. 승혁은 숙달된 어부의 솜씨로 통발을 적당한 장소에 떨어뜨렸다. 그는 오늘 새벽에 수확한 붕장어의 숫자를 기억하고 있었다. 아침 수확량을 참고로 하여 통발의 낙하 장소와 수를 결정하는 듯했다.

몸으로는 계속 작업을 하면서 승혁은 맞은편에 앉아 있는 나를 한번씩 쳐다보며 붕장어를 어획하게 된 경위를 수다스럽게 늘어놓았다. 그의 말에 의하면, 제방을 쌓기로 결정이 되자 죽도와 그 근방에서 어업을 생업으로 하는 어부들이 생계수단을 잃어 절망에 빠졌었다는 것이다. 그들에게 자기가 아이디어를 주었다며 자랑을 늘어놓았다. 제방을 쌓느라고 바다와 면한 부분이 온통 돌로 이루어졌으므로 분명히 거기에 알맞은 어군이 모여들 것이라는 그의 주장이 맞아떨어졌다고 했다. 제방 작업에 직접 참여한 승혁은 바다 밑까지 쌓인 돌의 형태를 알고 있었으므로 돌 틈바구니를 찾아드는 야행성 붕장어가 서식하기에 가장 알맞은 장소가 되리라 확신했다는 것이다. 여러 가지 책도 참고하고 어업연구소 전문가들에게서 지식을 얻어 붕장어를 수확하는 가장 간단한 방법을 연구하여 어부들에게 알려주었다고, 그는 침이 마를 사이도 없이 자랑을 늘어놓았다. 고등어 미끼를 사용하게 된 데도 자기의 공이 컸으며 마음만 먹으면 머지않아 한국에서 어업 재벌이 탄생할지도 모른다며 너털웃음을 터뜨렸다.

"아니 재벌은 되지 말아야 돼."

승혁이 말했다.

"왜?"

그 이유가 궁금해 내가 물었다.

"돈의 파괴력은 너무나 강하고 무서운 거야."

"파괴됐다는 것은 어떻게 알아?"

"큰돈을 갖게 되면 인간은 본능적으로 없는 사람을 측은히 생각하게 되어 있어. 그게 컴패션, 바로 연민이지. 그런데 '있는 자'가 '없는 자'를 업신여기거나 경멸하게 되는 순간부터 있는 자도 파괴되기 시작해……. 그리고 '없는 자'가 '있는 자'의 경멸을 감지하게 되면 증오심을 갖게 돼……. 결국 '있는 자'의 경멸과 '없는 자'의 증오심이 충돌하게 되고 그것이 인류 역사의 계층의 전쟁, 즉 클래스 워(class war)야."

"누가 이기게 되어 있어?"

그의 논리가 재미있어 그냥 물어보았다.

"결론은 둘 다 지게 되어 있어. 경멸하지 않는 '있는 자'와 증오심 없는 '없는 자'에 의해 둘 다 도태되고 말지."

"그럼, 해결책은 뭐야?"

"'있는 자'가 '없는 자'에게 컴패션을 보이는 거야. 인간의 본성대로. 그걸 가능하게 하는 게 뭔 줄 알아?"

"뭐야?"

"아름다움! 아름다움을 고마워하고, 아름다움에 가까이 가는 거야. 바로 내가 만들려는 그런 종류지."

"그게 뭔데?"

나는 승혁의 숨겨진 세계를 엿볼 수 있을 것 같아 다급히 물었다. 그러나 그 다음부터 승혁은 침묵만 지켰다.

50여 통의 통발을 모두 바다 밑바닥에 던져놓고 우리는 그 배로 대천 쪽으로 향했다. 새벽에 잡은 붕장어를 팔기 위해서였다.

칠흑 같은 밤, 통통거리는 엔진 소리를 내며 우리는

해변을 따라 30분쯤 달렸다. 파도에 흔들리며 서로의 얼굴을 분간할 수도 없는 어둠 속에서 나는 어느새 그의 영향권에 들어가 있는 나 자신을 깨달았지만 어쩔 수 없었다. 세찬 파도와 한 치 앞을 구별할 수 없는 칠흑 같은 어둠, 이것이 바로 우리가 사는 세상이 아닌가 하는 생각이 들었다.

그러나 이상한 일이었다. 나는 아무런 두려움도 느끼지 못했다. 오히려 편안한 마음으로 승혁에게 모든 걸 맡겨버린 기분이었다. 오랜만에 느끼는 편안함이었다. 내 인생도 승혁과 더불어 그가 하라는 대로 하고 살면 어떨까? 그와 둘이서 함께 생활하며 한세상 살아보는 것이 지금보다 훨씬 보람 있지 않을까?

이런 상념에 빠져 있을 때 해변의 언덕 위에 있는 서치라이트가 우리가 탄 목선을 환히 비췄다. 동시에 확성기로 소속과 행선지를 밝히라는 명령조의 소리가 들려왔다. 해안초소 경비병인 모양이었다. 대낮같이 밝은 서치라이트가 너무 눈부셔 나는 손으로 눈을 가렸다. 승혁은 큰소리로 언덕 위를 향해 외쳤다.

"나요, 나. 영감!"

"영감이 누구야?"

확성기에서 짜증스런 목소리가 들려왔다.

"좆같이 놀지 말고 빨리 불꺼, 이 새끼야."

"영감, 야간에는 다니지 말랬잖아."

확성기에서 경비병의 목소리가 다시 들려왔다.

"이 새끼야, 간첩이나 잡지 공연히 불쌍한 어부 골탕 먹이지 마."

"저 미친 영감이……."

"야, 임마. 나는 미친 영감이고 너는 미친 도둑놈이다."

"저게 콩밥을 먹으려고……."

경비병의 불쾌한 음성이 튀어나왔다.

"불꺼, 임마. 내가 콩밥 먹으면 넌 임마, 물도 못 얻어먹어."

승혁은 해변에다 대고 목청껏 소리질렀다.

"어서 꺼져. 미친 영감탱이야!"

서치라이트 불이 꺼졌다. 승혁은 다시 찾아온 어둠 속에 흰 이를 드러내놓고 웃어젖혔다. 무엇이 그렇게 유쾌한지 크게 웃은 다음 입을 열었다.

"저 새끼들 나한테 꼼짝 못하게 돼 있어."

승혁의 자신에 찬 목소리가 배 뒷전에서 파도 소리를 헤집고 내 귀에 와 닿았다.

"무슨 이유로?"

"쥐약을 먹였거든……. 처음 두 번 잡혔을 때 막걸리 값을 찔러주니까 그냥 풀어주데. 그 다음부터는 무사통과야."

"상대방 약점을 이용하는 게 과연 좋은 방법일까?"

"너는 어떻게 초등학교 교과서에서 얻은 지식으로 인생을 살려고 하니? 그러니 힘들 수밖에……."

"무슨 뜻이야?"

"야, 대식아. 저 새끼들 큰소리치는 배경이 뭔지 알아? 힘이 세서 그럴까? 총을 쥐고 있어 그럴까? 그게 아니고 사람이 만든 법이 그 자식들에게 권력을 준 거야."

승혁은 자신의 말을 이해 못하는 내가 짜증스러운 듯 말했다.

"그래서?"

"그런 놈들은 한 번만이라도 법을 어기게 되면 무력해지게 마련이야. 그때부터는 법이 내 편에 서게 되지. 인간이 만든 법이란 유용한 거야. 잘만 이용하면 아주 편하게 돼 있어."

"아주 희한한 소리를 하는구나."

"인간 사회란 애초에 정의가 없는 거야. 법을 교묘히 피하는 놈이 이기게 되어 있어. 법제도란 그런 정의가 없는 인간 사회의 간교한 피난처야."

우리는 아무 말 없이 한참을 갔다. 한동안 아무 생각 없이 앉아 있던 나는 배를 타고 죽도에서 대천으로 가는 짧은 여정과 그동안 일어난 일을 하나씩 정리해나가기 시작했다.

오늘 저녁에 경험한 것이 바로 인생의 축소판일지 모른다는 생각이 들었다. 험한 파도, 칠흑 같은 어둠, 불안 속에 위태로이 떠가는 작은 배, 배 안에 있는 온갖 잡생각으로 머리를 채운 인간들, 그리고…… 그리고 권력과 조직을 대변하는 서치라이트, 그 서치라이트는 필요에 따라 인간의 약점을 환히 드러내놓을 수 있을 뿐 아니라 사고력도 마비시킬 수 있다. 오늘 저녁 한 가지 큰 수확을 얻은 셈이다. 승혁이 인간 사회란 정의가 있을 수 없다는 사실을 내게 말하지 않았는가. 법이란 그런 인간 사회의 피난처일 뿐이라고. 작금의 사회에 널린 작태를 보면, 그건 진실이다, 라고 인정하지 않을 수 없었다. 하지만 가족이 있는 이상 나로서는 그 피난처에 안주해 살 수밖에 없다고 자위했다.

나는 뒤쪽에 앉아 있는 승혁이 지금쯤 무슨 생각을 하고 있는지 궁금했다. 승혁의 명석한 두뇌는 계속 움직일 테니까……. 승혁도 인간인 까닭에 이런 고독한 환경에서 지금쯤 자신이 버린 가족을 그리워하고 있을지 모른다는 생각이 들었다.

"시카고에서 만났을 때 석영 씨가 무슨 말을 했는지 지금 기억하니?"

"아니."

승혁은 생각조차 해보지도 않고 대답했다.

"너에게 철저히 복수하겠다는 말과 자신이 얼마나 타락할 수 있는지 알아봐야겠다고 했어. 내가 너에게 얘기했잖아. 기억하지?"

"타락할 수 없는 여자라고 했잖아. 그리고 내 말이 맞았고."

"그러나 아직 철저히 복수하겠다는 말은 취소된 게 아닌 것 같더라."

"야, 내가 가장 가까이 지내며 마음속으로 존경하는 남자와 재혼했으면 복수했다고 봐야지."

"뭐야?"

승혁이 주저 없이 지껄인 말에 나는 말문이 막혔다. 석영이 닥터 김을 선택해 결혼한 것이 자기에 대한 복수였다고 승혁은 생각하고 있는 듯했다.

"만약 그렇다면, 너에 대한 복수로 사랑하지 않는 사람과의 결혼을 택한 석영 씨는 얼마나 불행한 여자니?"

"그래?"

"그럼, 그렇지 않다는 얘기야?"

"왜 불쌍해? 내게 복수심을 품고 있는 한 석영은 활기 찬 인생을 살게 될 텐데. 절대로 지루한 인생이 아니겠 지. 그리고 석영은 지루한 인생을 선택할 정도로 어리숙 한 여자가 아니야."

나는 할 말을 잃었다. 석영이 품은 복수심을 오히려 자신이 준 은혜로 알고 있는 승혁에게 무슨 말을 한단 말인가?

육지 모퉁이를 돌자 불빛이 눈에 들어왔다. 대천해수 욕장 근처의 식당에서 켜놓은 불빛인 듯했다. 불빛에 배 뒷전에서 키를 잡고 앉은 승혁의 모습이 드러났다. 승혁 은 무슨 깊은 생각에 잠긴 듯 바다 쪽만을 응시하고 있 었다. 그러한 승혁의 모습은 그가 이제껏 말한 것처럼 모든 일을 그렇게 단순히만 생각지 않고 있음을 일러주 는 듯했다. 오히려 너무나 복잡한 생각이 견딜 수 없어 단순히 생각하지 않으면 살아갈 힘을 잃을까 두려워하는 모습으로 내 눈에 비쳤다.

승혁의 그런 모습은 오늘 아침에 보았던, 문이 잠긴 방의 천장에 그려진 해골로 서서히 변해갔다. 그 모습은 다시 음흉한 이빨을 드러낸 마귀할멈이 지팡이를 들고 있는 모습과 겹쳤다. 두 개의 단어가 나의 뇌리를 스쳤다. 'mediocrity'와 'horror'라는 두 단어의 스펠링이 승혁의 모습에서 튀어나와 내게 다가오고 있었다.

승혁의 머릿속에 평범과 공포라는 단어가 어떠한 의미를 가지고 있는지는 모르나, 그가 만들어낸 엄청난 파고는 여러 사람의 인생을 덮쳐버렸다. 누구보다 먼저 석영의 창백한 얼굴이 떠올랐다.

"네 말대로 석영 씨는 너에 대한 복수심으로 인해 지루한 생활을 할 필요가 없으니 오히려 잘된 거라고 하자. 그러나 닥터 김은 무슨 죄로 고통을 받아야 되니?"

나도 모르게 불쑥 튀어나온 말이었다. 깊은 생각에 잠겨 어둠 속 바다를 응시하던 승혁이 내 쪽으로 얼굴을 돌렸다.

"닥터 김…… 그 친구는 너무 감상적이어서 문제야."

"감상적이라니?"

"괜찮은 여자와 그냥저냥 살면 되는데, 공연히 사랑이니 뭐니 따지며 쓸데없는 문제로 고민을 사서 하니 문제란 말이야."

승혁은 대수롭지 않게 말했다.

"석영 씨가 자신을 사랑하지 않는다는 사실을 안 이상 얼마나 고통스럽겠니?"

나는 승혁에게 다른 사람의 고통도 이해해야 하는 것 아니냐는 투로 혼잣말처럼 중얼거렸다.

　"사랑하는 여자로부터 사랑을 받는다는 것은 정신적으로 그 여자의 노예가 된다는 뜻이야. 늘 그 사랑이 사라지지 않을까 하는 불안 속에서 살아야 하니까 말이야. 그렇지만 현재 사랑을 받고 있지 않다면 언젠가는 자기에게 사랑이 오리라는 희망 속에서 살 수 있지."

　승혁은 내가 공연히 심각하게 생각한다는 투로 말했다.

　"그럼, 닥터 김은 석영 씨가 사랑하지 않으니까 불안 속에 살지 않고 희망 속에 산다는 말이야?"

　"물론이지. 사랑과 항상 짝을 이루는 것이 뭔 줄 알아?"

　"애정?"

　"애정이란 사랑이 없다는 다른 표현일 뿐이야."

　"그럼, 사랑의 짝은 뭐야?"

　"질투야. 사랑을 계량화할 수 있는 유일한 척도는 질투야. 질투하려면 상대방의 사랑을 의심해야 돼. 진짜로 사랑하면 질투하게 되어 있어. 질투가 싫으면 사랑을 하지 말아야 돼."

　"이제 네 궤변에는 이력이 났다."

　나는 입을 다물어버렸다.

어느새 대천 어항의 선착장 근처에 도착했다. 선착장에 묶여 있는 여러 척의 어선 사이를 비집고 배를 대어놓을 자리를 찾느라 승혁은 엔진을 끄고 어부들처럼 능숙하게 상앗대를 저어나갔다. 불빛이 그의 팔근육을 유난히 밝게 비춰주었다. 큰 키로 서서 상앗대를 젓는 승혁의 모습을 보니 내가 도시의 오염 속에 찌든 사람으로 느껴졌다. 배에서 먼저 내려 선착장에 밧줄을 매는 승혁에게 말했다.

"넌 참 한심한 놈이야. 석영 씨가 복수심을 품고 있으니 활기찬 인생을 살 거라고?"

승혁은 하던 동작을 잠시 멈추었다가 다시 밧줄을 매면서 혼자서 낄낄 웃으며 입을 열었다.

"닥터 김 다음으로 석영의 목표는 대식이 너일지도 몰라."

순간 온몸에 소름이 끼쳤다.

승혁과 나는 꿈틀거리는 붕장어를 담은 두 개의 플라스틱 물통을 하나씩 나누어 들고 선착장 뒤쪽에 늘어선 횟집으로 갔다. 가는 도중 지나치는 횟집 주인들이 승혁에게 한마디씩 했다.

"영감, 요새 잘 잡히나?"

"영감님, 다음번에는 우리집에도 붕장어 좀 대줘유."

아마 이곳의 횟집들이 승혁이 잡은 고기를 처분하는 곳으로, 이곳 사람 거의 모두와 안면이 있는 듯했다. 놀라운 일은 이곳에서도 나이에 상관없이 모두가 영감이라는 호칭으로 그를 부른다는 것이었다. 승혁도 영감이라 불리는 것이 가히 싫지 않은 듯 자기보다 훨씬 늙어보이는 사람들에게도 무슨 서방, 무슨 서방 하며 반말을 했다. 승혁이 말한 대로 이곳 지역의 헤게모니를 잡아보려는 승혁의 의도적인 행동인 성싶었다.

골목 중간쯤의 횟집에 들어가니 여주인이 반색을 하며 승혁을 맞았다. 우리 둘이 들고 온 플라스틱 물통을 바닥에 내려놓자 주인은 물론 종업원까지 우르르 몰려와 그 속에서 꿈틀거리는 붕장어를 들여다보았다. 한 종업원이 "20킬로는 되겠는데"라고 말하자 승혁은 "1킬로에 얼마 주겠어?"라고 물었다. 어물어물하는 주인에게 승혁이 "킬로당 5천 원!"이라고 하자 그녀는 곤란하다는 표정을 지어 보였다. 승혁은 "야, 대식아. 딴 데 알아보자"라며 금방이라도 일어나 나갈 듯이 굴었다. 주인은 "아, 알았어. 5천 원 줄게. 뭔놈의 성미가 그리 급하슈"라며 승혁의 팔을 잡아 못 일어나게 했다. 승혁은 마지못해 하며 자리에 앉았다.

"오늘 농어 들어온 거 있어?"라는 승혁의 말에 주인은 고개를 끄덕여 보였다. "아줌마, 내 식 알지?" 하는 승혁의 말에 주인은 큰 소리로 주방을 향해 주문을 했다.

소주병과 밑반찬이 식탁 위에 놓였다. 승혁은 소주잔을 비울 때마다 '캬아' 하는 소리를 내며 서너 잔 연거푸 들이켜고 난 후 어제 저녁 술집에서 이곳 깡패 왕초와의 사이에 일어났던 일을 다시 손짓과 몸짓을 섞어 떠들어 댔다.

주문대로 2킬로그램이 넘는 큰 농어가 통째로 접시에 담겨 나왔다. 머리와 꼬리 부분이 등뼈로 이어져 먹기 좋게 잘게 회를 친 살이 원래 모양대로 등뼈 위로 가지런하게 다시 놓여 있었다. 승혁은 농어의 머리를 자세히 들여다보더니 손가락으로 툭툭 쳤다. 살점을 다 도려낸 농어는 아직도 살아 있는 듯 아가미가 벌떡거렸다.

"아줌마, 내 식 알지? 우리 이 회 다 먹을 때까지 이놈 대가리 움직이지 않으면 돈 안 내."

"알았어. 알았어…… 저러니 영감 소리를 듣지."

나는 그때 정말로 승혁의 묘한 취미를 알게 되었다. 회 몇 점을 집어 입에 넣고는 손가락으로 머리를 툭 쳐서 농어가 아가미를 벌리며 꼬리까지 움직이는 것을 확인하는 것이었다. 나는 비위가 상해 회보다 소주잔을 기울이며 덤으로 딸려나온 멍게를 먹었다. 그는 잠깐 사이에 혼자서 소주 세 병과 회 한 접시를 해치웠다. 가늘게 썬 하얀 무채 위에 놓인 농어는 머리와 뼈 그리고 꼬리만 남겨졌다. 승혁은 이제 엄지와 가운뎃손가락을 모아 잡아 농어 머리에 대고 세게 퉁겼다. 살점이 하나도 없는 농어의 머리가 세차게 위로 치솟아올랐다.

"아줌마, 오늘은 합격!"

승혁은 주방에 대고 큰소리로 외쳤다.

"아줌마, 매운탕에 뭐 넣는지 안 잊어버렸지?"

"걱정 마."

"말해봐."

주방에서 주인이 같은 톤의 소리로 '마늘, 파, 된장, 고추장, 두부, 메루치' 하며 소리쳤다.

주문도 많은 승혁은 그것도 모자라서 맞받아 한마디 더 했다.

"화학조미료 넣으면 돈 안 줘, 아줌마!"

종업원이 매운탕을 끓이려고 머리와 등뼈 그리고 꼬리만 남은 농어를 들고 주방으로 들어갔다.

승혁은 다시 진지한 표정으로 태권도를 배워야겠다며, 한 일 년 정도 열심히 하면 1급 정도는 따지 않겠느냐고 나에게 물었다. 깡패 왕초가 재도전하기 전에 빨리 실력을 다져놓아야겠다고 했다. 그때쯤 나도 승혁만큼 기분이 좋지는 않았으나 다소 긴장이 풀려 있었다. 나는 지나가는 말처럼 "태권도 1급 정도 실력으로 젊은 깡패 왕초를 어떻게 꺾을 수 있겠냐"고 했다. 그 말을 받아 승혁은 맷집만 좋으면 이 바닥에선 법이 맞는 놈 편이니까 겁낼 필요가 없다고 큰소리를 쳤다. 그 나름대로 일가견이 있다는 생각이 들었다.

매운탕과 함께 나온 밥을 보고 나는 다시 한 번 놀랐다. 우리 두 사람 앞에 양은냄비가 하나씩 놓였다. 승혁은 냄비 안쪽을 숟가락으로 떠보고는 누룽지가 눌어 있는 것을 확인하고 흡족해했다. 그리고 무공해 쌀로 만든 밥이라며 피식 웃었다. 승혁은 냄비밥을 매운탕과 함께 맛있게 먹은 다음 보리차를 냄비에 부어 누룽지를 긁어 시원하게 말아 먹었다. 나는 그가 하는 대로 따라 했다.

식사를 마친 그는 종업원을 불러 2만 원을 주며 플라스틱 통과 배를 죽도에 갖다놓으라고 시켰다. 승혁은 돈을 받아 들고 나가는 종업원의 등 뒤에 대고 "군인 새끼들이 뭐라고 하면 영감 배라고 해"라며 당당하게 말했다. 승혁은 붕장어 값을 받고 그곳을 나왔다.

*　*　*

　횟집을 나와 잠시 걸어가다 승혁은 문은 닫혔으나 불이 켜진 옷가게 문을 두드렸다. 누구냐는 물음에 승혁이 영감이라고 하자 문이 열렸다. 승혁은 입고 있던, 때와 소금기에 전 셔츠를 벗고는 그곳에 걸린 셔츠를 이것저것 골라 몸에 대보았다.

　나는 그의 벗은 상체를 가까이서 보게 되었다. 떡벌어진 어깨와 근육으로 울퉁불퉁한 팔뚝, 잘록한 허리는 전성기를 맞은 축구선수의 몸을 연상케 했다. 40대 중반이라고는 보기 힘들었다. 승혁은 새로 산 셔츠를 입고 가게 주인이 싸주려는 헌 셔츠를 쓰레기통에 집어던졌다.

　"왜 버려?"

　"너무 오랫동안 입었어."

　"얼마나 오래 입었는데?"

　"한 달 정도 됐을걸."

　나는 너무 어이가 없어 비아냥거리는 투로 "속옷도 한 달 됐을 텐데 버리지 않느냐"고 물었다. 승혁은 좋은 생각이라는 표정으로 속옷도 샀다. 그는 어리둥절해하는 나를 뒤에 두고 빠른 걸음으로 앞서더니 약국으로 들어갔다. 나는 어디가 아픈 것은 아닌가 싶어 걱정스런 마음으로 서 있었다. 금방 다시 나온 승혁은 내 표정을 보았는지 "오늘은 몸 좀 풀어야겠다"고 했다. 내가 의아해하는 표정을 지우지 않자 그는 주머니에서 방금 산 콘돔을 꺼내어 내 눈앞에 들이밀었다.

나는 그때쯤 그를 더 이상 이해하려는 노력을 포기하기로 했다. 좀 더 솔직히 말하면 예측할 수 없는 그의 행동이 오히려 재미있었다.

막차 버스를 타고 웅천읍에 도착해서 어제 저녁 소란을 피운 술집으로 갔다. 그제야 나는 승혁이 몸을 풀려는 상대가 어제 저녁에 보았던 작부가 아닌가 짐작해보았다.

술집 문을 열고 들어가자 손님들로 빽빽이 들어찬 실내의 중앙에 위치한 큰 식탁에 어제 만났던 왕초가 똘마니로 보이는 청년들을 둘러앉히고 불그레한 얼굴로 앉아 있었다. 미자라는 작부는 왕초 옆에 앉아 있었다. 나보다 먼저 그 광경을 본 승혁은 언짢은 표정을 지으며 계산대 옆에 계속 서 있었다. 자리에 앉으라는 주인의 말에 승혁은 큰 소리로 "냄새나는 놈이 있어 앉기 싫다"고 했다. 그곳에 있던 노무자들의 시선이 일시에 승혁 쪽으로 모였다. 승혁의 말을 못 들었을 리 없는 왕초가 벌떡 일어나 "미친 영감이 와서 또 지랄이네"라며 승혁에게 삿대질을 해댔다. 승혁은 그러는 왕초는 본 체도 않고 미소를 지은 채 "더러운 냄새가 어디서 나는가 했더니 저기 떠드는 놈 아가리에서 나는군"하고 점잖게 말했다. 왕초가 앞에 놓인 소주병을 들어 승혁을 향해 던졌다. 승혁은 살짝 피했다. 소주병은 유리창과 함께 박살이 났다. 분을 못 이긴 왕초가 앞의 식탁을 뒤집어엎었다.

"이리 나와, 이 미친 영감아. 보자보자 하니까, 이 미친 영감이! 이 영감탱이, 오늘이 니 장삿날인 줄 알아라."

그 왕초는 오늘은 더 이상 못 참겠다는 듯 팔을 걷어붙이고 나섰다. 승혁은 옆 식탁 위에 놓인 소주병을 집어 엎어진 식탁을 향해 던졌다. 소주병은 요란한 소리를 내며 깨져버렸다. 유리조각이 주위에 퉁겨 아수라장이 되었다. 나는 승혁의 앞을 막아서며 말리느라 정신이 없었다. 똘마니들이 왕초를 뒷문 쪽으로 끌고 갔다. 똘마니들은 "미친 영감 따위 상대 말자"며 왕초를 달랬다. 그러는 동안 창백한 얼굴을 한 작부는 멀찌감치 서서 무슨 구경이라도 하듯 무표정한 얼굴로 있었다. 그렇게 한참 소란을 피우고도 승혁은 뒷문을 나서는 그들의 등 뒤에다 대고 다시 한참 동안 온갖 욕지거리를 퍼부어댔다.
왕초는 못 이기는 체 식식거리며 술집을 나갔다. 승혁은
아무 일도 없었다는 듯 방금 왕초가 엎어놓고 나간 중앙
의 식탁을 치우라고 태연하게 말했다.

미자라는 작부는 승혁이 자리를 잡자 아무 일도 없었
다는 듯 승혁의 옆에 바싹 다가앉았다. 승혁이 작부의
귀에다 대고 뭐라고 소곤거리자 작부는 고개를 끄덕였
다. 곧이어 작부가 자리를 뜨고 잠시 있다가 승혁은 내
게 잠깐 기다리라고 하고는 술집 밖으로 나갔다.

소주잔을 앞에 두고 혼자 무료하게 앉아 있기가 괴로
웠다. 대천에서 마신 소주 때문인지 뱃속이 쓰리기 시작
했다. 그냥 있기도 어색하고 그렇다고 승혁이 기다리라
고 했는데 혼자 나설 수도 없어 참으로 난감했다. 내 심
정을 읽기라도 했다는 듯 50대 중반으로 보이는 초라한
행색의 남자가 양해도 없이 내 앞자리에 와 앉았다. 그
는 취기로 눈이 풀려 있었고 몸도 제대로 가누지 못했
다. 그는 앉자마자 나를 향해 혀꼬부라진 소리로 지껄이
기 시작했다.

"당신 친구 영감 있지, 조심하라고 하시오."

내가 말뜻을 못 알아들어 어리둥절해하자 그가 다시
말했다.

"영감한테 그 여자 조심하라고 하시오. 꼭 전해요. 그 여자는 그 지독한 에이즈 환자요."

그리고 그는 자리에서 일어나기 전 한마디 말을 남겼다.

"그 여자 남편이 5년 전에 에이즈로 죽었소."

남자가 흘리고 간 말들이 내 머릿속에서 자리를 잡았을 때 나는 다급한 심경이었다. 나는 주인에게로 가 승혁의 소재를 알려달라고 했다. 그는 무뚝뚝한 표정으로 내가 모르는데 어떻게 자기가 아냐고 퉁명스럽게 말했다. 다급한 마음에 종업원을 붙잡고 물었다. 대답은 역시 마찬가지였다. 나는 무턱대고 술집 문을 나서 골목길 옆으로 즐비하게 붙은 간판을 잽싸게 훑어보았다. 아무리 살펴보아도 여관이나 여인숙이라는 간판이 눈에 띄지 않았다. 나는 다시 술집으로 들어왔다. 어떻게 해야 좋을지 이리저리 궁리를 해보았다. 그러다가 승혁이 약국에서 콘돔을 산 기억이 났다. 조금은 마음이 놓였다. 아무리 에이즈 환자라도 콘돔을 조심해서 사용한다면 괜찮을 거라는 생각이 들었다. 나는 소주를 들이켜며 될 수 있는 대로 느긋한 마음이 되도록 노력했다. 그래도 마음이 놓이지 않아 다시 안절부절못하는데, 문이 열리며 승혁이 들어섰다. 나는 얼른 일어나 빨리 승혁이 와서 자리에 앉기만을 기다렸다. 그가 먼저 자리에 앉고 나서야 나도 자리에 앉아 다급한 목소리로 물었다.

"아까 그 여자하고 있다 왔지?"

"응, 왜?"

승혁은 자신이 직면했던 위험을 조금도 느끼지 못하는 듯 태연한 어투였다.

"그 여자하고 몸 풀고 왔어?"

"그래, 왜?"

승혁은 나를 빤히 쳐다보았다.

"콘돔은 사용했니?"

"했는데, 왜……?"

"콘돔에 구멍이 나지 않았는지 확인했어?"

"도대체 무슨 일이야?"

"확인했어? 안 했어?"

"괜찮았어. 도대체 왜 그래?"

나는 안도의 숨을 내쉬었다.

"그 여자 에이즈 보균자라고 하더라."

그러나 승혁은 조금도 놀라는 기색이 없이 물었다.

"누가 그랬어?"

"어떤 사람이 나에게 와서 너보고 조심하라고 이르라고 그러더라. 그 여자 남편이 5년 전 에이즈로 죽었다고."

"그래? 난 또 무슨 일이라고."

나는 태연한 승혁을 점점 더 이해할 수 없었다.

"그 여자가 그렇다는 걸 믿지 않는단 말이야?"

"아니, 믿어."

"그럼 너도 알고 있었어?"

"그래."

"언제부터?"

"아마 두어 달쯤 됐을걸…… 미자를 처음 만난 날부터 니까."

"누가 얘기해줬는데?"

"그 여자가 말했어."

바로 그때, 미자라는 여자가 머리를 만지며 문을 열고 서 들어섰다. 나와 그녀의 눈이 마주쳤다. 나는 자리에 서 일어나 밖으로 나갔다. 잠시라도 그곳에 머물러 있기 가 싫었다. 나는 뛰다시피 걸어갔다. 등 뒤에서 승혁이 내 이름을 부르며 따라오고 있었다.

우리는 택시를 잡아타고 죽도로 향했다. 나는 승혁에 게 미자라는 작부와 왕초라는 자의 관계를 물었다. 승혁 의 말에 의하면, 왕초라는 자는 뚜쟁이로 대천과 웅천에 미자와 같은 여자를 십여 명이나 거느리고 있다고 했다. 그자는 워낙 성질이 포악스럽고 악바리라 한번 걸려든 여자는 비참하게 생을 마친다고 했다.

"미자만 그자의 마수에서 빼내면 다른 여자들도 그 영향권에서 벗어날 게 틀림없어."

승혁은 정의감에 불타는 기사나 된 양 억양을 높였다.

"네 기사도 정신이 눈물겹구나. 너 정말로 그 여자를 좋아해서 그러니? 아니면 왕초와의 헤게모니 쟁탈전의 상징으로 그러는 거니?"

"진심으로 좋아하지."

"어떤 이유로?"

"내 마음을 진정으로 이해해주는 유일한 사람인 것 같아."

"어떻게 그걸 알 수 있었지?"

나는 승혁의 눈을 똑바로 보며 질문을 던졌다.

"……."

승혁은 다른 생각을 하는지, 아니면 내 말을 못 들었는지 아무 말이 없었다.

"그 여자가 무슨 말을 했기에 널 이해한다고 믿는단 말야?"

나도 모르는 사이 목소리가 높아졌고, 승혁은 그제서야 대답을 했다.

"아무 말도 안 했어. 그냥 그 여자의 표정과 눈길에서 읽었어."

"어떤 표정, 어떤 눈길이었는데?"

"나를 몹시 동정한다는 눈길이었어."

"승혁아, 그 여자가 어떻게 너를 동정할 수가 있니? 네가 그 여자를 동정해야지……. 그 여자 병이 뭔지도 알면서."

"물론 나도 그 여자를 동정하지. 우리는 서로를 동정하고 있는지도 몰라……. 섹스를 할 때 우리는 세상에서 하는 마지막 사랑인 양 서로를 사랑하지."

"섹스를 안 할 때는 서로를 동정해주고?"

나는 혼잣말처럼 중얼거렸다. 그에게서 어떠한 대답도 원하지 않았다. 더 이상의 대답은 나를 슬프게만 할 것 같아서였다. 잠시 동안 침묵이 흘렀다. 내가 먼저 입을 열었다.

"그 여자의 병이 두렵지 않니?"

"아니, 조금도. 내가 병에 걸릴지도 모른다는 가능성이 오히려 내 정열을 확인시키는 것 같아."

"도대체 그 여자는 어떤 생각으로 섹스를 할까?"

"병을 옮기면 둘 사이의 마지막 섹스가 되리라는 생각을 하며 순간순간을 철저히 즐기고 있어. 그리고 나는 그 여자의 그런 행동에서 최상의 진짜배기 사랑 행위를 경험해. 또한 그러는 중에도 그 여자는 나에게 고마움을 표시하지."

승혁의 나직한 목소리를 듣자 어제 그를 만난 후 처음으로 고뇌에 싸인 그의 내면을 보는 듯했다.

"미친놈이 아니고는 콘돔을 사용하겠지?"

"아직까지는."

"아직까지라니, 그럼 앞으로 사용하지 않을 수도 있다는 거냐?"

"그럴지도 모르지."

나는 더 이상 할말이 없었다. 바닷가 쪽으로 향하자 택시의 창문을 통해 바닷바람이 몰려왔다. 소금기가 물씬 묻은 바닷바람이 승혁과 나 사이의 대화가 남긴 비릿한 냄새를 말끔히 씻어주기를 바랐다.

* * *

죽도에 도착했다. 나는 더 이상 승혁과 이야기하고 싶지 않았다. 취기만 심하지 않았다면 당장이라도 차를 몰고 그곳을 떠나고 싶은 심정이었다. 승혁이 택시에서 내려서며 바람을 쐬고 들어가겠다고 해 나도 그렇게 하기로 했다.

우리는 제방 위에 있는 돌 위에 걸터앉았다. 축대 위에서 망망한 바다를 대하니 마음이 진지해지는 것 같았다. 나는 그러한 진지한 마음으로 그와 다시 한 번 부딪쳐보기로 했다.

"한 가지 물어보자."

"뭐야, 물어봐."

그는 나에게 고개를 돌렸다.

"나는 네가 가족들과 지내던 미국 생활도 쉽게 상상이 되고, 지금 네가 하는 생활도 지켜보았다."

"그래서?"

"지금 생활이 어떤 면에서는 매력이 있겠지만 오랫동안 이렇게 살 수는 없잖아?"

"……."

승혁은 아무런 말도 하지 않았다. 마치 대꾸할 가치도 없는 질문을 했다는 태도였다.

그때 엷어지던 새털구름 사이로 열사흘 달이 얼굴을 내밀었다. 제방을 때리는 물보라가 달빛에 부서지는 모습은 장관이었다. 그 모습에 나는 다시 자신감을 얻었다.

"너의 미국 생활은 가족에 대한, 사회에 대한 책임을 수행하면서 자기의 직업에 충실한 생활이었던 반면, 지금 생활은 제대로 배우지도 못한 하류 노무자 생활에 지나지 않아. 정상적인 생활이 그립지 않니? 그만큼 경험했으니 이제 다시 원래의 자리로 돌아갈 의향은 없는 거냐?"

승혁은 한심하다는 듯 나를 물끄러미 바라보더니 마침내 입을 열었다.

"네가 말하는 정상적인 생활을 난 매일 보고 있어. ……그러한 생활로 다시 돌아가야 한다면 당장 자살을 하겠어."

'자살을 하겠어'라는 대목에서 그는 주먹을 불끈 쥐어 쳐들었다.

"정상적인 생활을 매일 보고 있다니?"

"내 집 마당에 있는 돼지 말이야."

"그것하고 무슨 상관이야?"

"우리 속에 갇힌 채 사람들이 던져주는 음식 찌꺼기를 매일 배부르게 먹고 언젠가 도살장에 끌려갈 때를 기다리는 돼지를 봤지?"

"그런데?"

"그 돼지가 바로 내가 살아왔던, 그리고 네가 말하는 정상적인 생활의 실체야."

"……"

나는 승혁이 농담을 하는지 확인하려고 그의 눈을 뚫어지게 응시했다. 라이터를 켜 담배를 피워 무는 그의 두 눈은 취기로 충혈된 데다 분노마저 이글거리는 것 같았다. 그가 담배연기를 내뿜은 후 입을 열었다.

　"내가 살았던 정상적인 생활이 어떤 것인지 잊어버릴까 두려워 돼지를 키우는 거야. 그리고 회의를 느낄 때마다 그놈을 들여다보며 내 결정이 옳았다는 것을 확인하지."

　"우리 안에 있는 돼지는 다른 돼지를 짓밟는 짓은 하지 않잖니?"

　나는 석영의 모습을 머릿속에 그리며 말했다.

　"돼지우리에는 두 마리의 돼지, 암놈과 수놈이 있지. 우리 안에 갇혀서 심심하면 둘이서 교접을 해. 그래도 심심하면 먹이나 먹으면서 하루를 보내고. 그렇게 지루한 시간을 보내면서 서로가 서로를 원망하지. 그것도 매일, 매시간, 매초마다."

　"네가 그걸 어떻게 아냐?"

　"돼지의 눈을 보면 알아……. 원망에 찬 눈초리야. 그 눈초리는 상대방에게 향한 거야……. 적어도 나는 석영을 해방시켜줬어. 우리 안에 갇힌 돼지보다는 나은 셈이지."

승혁의 표정을 살피던 나는 시선을 바다로 던졌다. 바닷바람을 맞으며 승혁의 말을 머릿속에 정리해보려고 노력했다. 승혁의 말을 농담이나 말장난으로 취급하여 무안을 주기에는 그의 표정이나 목소리가 너무나 진지했다. 우리는 긴 침묵 속에서 파도치는 바다만 응시했다. 승혁이 자신에게 묻는 것처럼 낮은 목소리로 중얼거렸다.

"우리 안에 갇힌 돼지가 상대방에게 원망의 눈초리를 보내지 않을 때는 어떤 눈빛을 하고 있는지 아니?"

"……."

승혁이 전개하는 허무맹랑한 돼지론에 더 이상 말려들어가지 않기로 마음을 먹은 나는 앞만 바라본 채 침묵을 지켰다.

"호러(horror), 호러…… 공포야."

"도살장으로 끌려가는 데서 오는 공포?"

내가 빈정대었다.

"아니, 미디오크러티(mediocrity)에 대한 공포지."

"미디오크러티는 너도 알다시피 미디오커(mediocre), 즉 미들(middle)의 명사형으로 평범이라는 뜻이다. 중도(中道)를 의미하지. 동양철학에서 중도라는 개념은 최선을 의미하고, 무엇이든 '적당히' 하라는 거야. 그러나 그 '적당히'라는 것이 가장 어려운 일일 뿐만 아니라 모든 미덕의 근원이지."

승혁이 아무리 심각한 체하더라도 그것을 농담쯤으로 비하할 양으로 한 말이었다. 승혁은 어이없다는 표정으로 나를 쳐다보았다.

"바로 그런 논리 전개를 가리켜 '지적 수음(intellectual masturbation)'이라고 하는 거야."

"그럼 '미디오크러티'에 대한 공포라는 말은 무슨 뜻이야?"

"미디오크러티란 인류의 가장 나쁜 적이야. 영혼에 기생하는 암이지. 이 암이 영혼을 죽이면 그 인간은 이미 존재가치를 상실하게 돼. 세상의 수많은 사람들의 영혼이 '평범'이라는 균에 소멸되고 있어……. 나는 우리에 갇힌 돼지가 먹이를 찾듯이 매일매일 같은 시간대에 직장에서 일하는 사람들의 눈에 서려 있는 원망과 공포를 봤어. 또한 여러 분야에서 일단 성공한 수많은 사람들의 눈에도 같은 원망과 공포의 눈초리가 번뜩거리지. 그들 모두는 이미 사고하고 창의하려는 인간이 아니고 우리에 갇혀 던져주는 음식 찌꺼기나 받아먹는 돼지야. 특히 축재해서 평생을 편안하게 살아보겠다는 놈은 평범이라는 암, 그 자체야. 더러운 병균 덩어리지."

"돌 쌓는 노무자로 일하면 평범에서 벗어날 수 있다는

거냐?"

"제방 쌓는 작업장에 가봤어? 내가 작업한 곳의 돌 모
양을 봤냐고? 다른 곳과 비교해봐라. 만약 다른 점을 발
견하지 못한다면…… 만약 네가 중세기에 태어났다면 미
켈란젤로를 평범한 석공이라고 불렀을 게다."

나는 아연실색했다.

"너 혹시 심한 과대망상증에 걸린 거 아니냐?"

승혁은 내 말을 조금도 모욕으로 받아들이지 않는지
여전히 심각한 표정이었다.

"그럴지도 모르지. 그러나 난 적어도 최선의 노력을
할 거야. 그러다가 안 되면 할 수 없지."

"어떤 노력인데?"

"……."

"도대체 뭘 하겠다는 거니?"

"남대문 봤지?"

"그래."

"남대문을 세계 어디에 내놓아도 부끄럽지 않는 국보
1호다운 건축물로 복원할 거야."

"이곳에서 일하는 것과 그 일이 어떤 관계가 있어?"

"우선 돌 쌓는 법부터 배워야 돼. 그리고 어렵게 사는
사람들의 서글픈 심정을 알아야만 되지."

나는 그제서야 오랫동안 승혁이 취해온 일련의 모호한
행동을 약간은 이해할 수 있었다. 이해했다기보다 허무
맹랑한 생각을 하는 승혁을 매우 측은하게 여겼다는 편
이 옳았다.

나는 옆에 앉은 승혁을 돌아보았다. 승혁의 건장한 몸
집이 달빛을 퉁겨내고 있었다.

그는 돌 사이에서 기어나오는 벌레를 집어 두 손끝 사
이에 놓고는 눌러 죽이고 있었다. 비릿한 냄새가 내 코
를 찔렀다. 내 시선을 의식한 듯 한 마리를 잡아 내 눈앞
으로 뻗쳐 두 손가락으로 터뜨려 죽였다. 그러면서 승혁
은 혼잣말처럼 중얼거렸다.

"벌레를 터뜨릴 때, 나는 내가 만난 수많은 벌레 같은
인간들의 얼굴 하나하나를 머릿속에 떠올리지……. 다른
사람보다 재산이 좀 더 있다고 편안하게 지내려는 놈들,
다른 가족과 비교하여 자기의 가족에게 좀 더 나은 생활
을 시켜준다고 자랑스러워하는 놈들, 자기 머리가 좋다
고 평범한 사람들을 비웃는 놈들……."

승혁은 그렇게 중얼거리면서 한 마리 한 마리씩 눌러
죽이고 있었다. 그가 터뜨린 벌레 중 한 마리가 바로 나
일지도 모른다는 생각이 들었다.

"네 눈에는 다른 사람이 다 벌레로 보일지 모르지. 그

러나 그 벌레들은 적어도 자기 가족에게 고통은 주지 않
아."

승혁은 잠깐 나를 힐끗 보더니 자리에서 일어나 손에
쥐고 있던 벌레를 바다로 던졌다.

집에 도착하여 잠자리에 들려고 할 때 그는 나에게 먼
저 자라며 방에서 나갔다. 곧이어 옆방 자물쇠를 여는
소리가 들렸다. 아마도 승혁은 벽에 붙인 종이에다 무언
가를 그리고 있을 것이라 생각되었다. 술기운에 나는 금
세 곯아떨어졌다.

얼마나 잤을까. 갑자기 눈이 떠졌다. 밖은 아직 캄캄
했다. 라이터를 켜서 시계를 보니 3시가 되어가고 있었
다. 좀 더 자려고 다시 자리에 눕는데 이상한 소리가 들
려 귀를 기울였다. 고통을 참지 못하여 내는 신음 소리
였다. 그리고 벽을 긁는 소리도 들렸다. 옆방에서 나는
소리였다. 고개를 돌려 옆자리를 보았지만 승혁은 없었
다. 승혁이 옆방에서 신음 소리를 내며 벽을 어떤 도구
로 긁고 있음에 틀림없었다. 그 소리가 견딜 수 없어 나
는 귀를 양손으로 힘껏 막았다. 귀를 막으면 막을수록
그 소리는 점점 더 확대되어, 마치 고통을 참는 상처받은
짐승의 신음 소리 같았다. 나는 더 이상 견딜 수 없어 자

리에서 벌떡 일어났다.

옷을 입은 채로 잤으므로 머리맡에 놓인 윗도리만 집
어들고 방을 나왔다. 고통에 몸부림치는 승혁의 그림자
를 방안의 호롱불빛이 창호지문에 드러내주었다. 바닷
바람이 창호지문을 흔들 때마다 그림자는 괴상한 형태로
끊임없이 변해가고 있었다. 주위에 드리워진 해송의 나
뭇가지가 승혁의 알몸에 채찍질을 하듯 바람에 흐느적거
렸다. 문득 나 자신도 승혁처럼 자기 의지대로 행동하겠
다는 생각이 들었다. 그에게 아무 말도 남기지 않고 곧
장 서울로 가리라 마음먹었다.

어둠 속을 더듬어 차가 있는 곳까지 내려왔다. 그리고
차 문을 열고 운전석에 앉았다. 시동을 걸었다. 그러나
다시 시동을 끄지 않을 수 없었다. 역시 나는 승혁처럼
생각할 수도, 행동할 수도 없다는 것을 깨달았다.

비탈길을 다시 올라와 가겟집 앞에 섰다. 수첩을 꺼
내 몇 자 적어 아침에 가게 주인이 볼 수 있는 곳에 밀어
놓았다. 승혁이 나를 찾으면 서울로 올라갔다고 전해달
라는 말과, 승혁에게 무슨 도움이 필요하면 아래에 적힌
전화번호로 꼭 연락을 취해달라는 내용이었다.

헤드라이트가 비춰주는 대로 차를 몰면서 승혁이 아침

에 어떤 행동을 할까를 상상해보았다. 그는 몇 시간 후면 방을 나와 활기찬 표정으로 다시 배를 몰고 바다로 나가 붕장어가 든 통발을 걷어올릴 것이고, 그것이 끝나면 축대 작업장에 나가서 고래고래 소리 지르며 하루를 보낸 후, 해가 지면 붕장어를 내다팔고 나서는 술집으로 가 왕초와 헤게모니 쟁탈전을 벌이든지 피곤한 얼굴의 노무자들을 둘러앉혀놓고 술기운에 취해 한바탕 떠들어댈 게다. 그리고…… 그리고 다시 자신이 만든 지옥 속에 틀어박혀 벽에 붙어 있는 종이 위에 떠오른 생각을 옮기려고 노력하든지, 옮기던 중 뭔가 떠오르기를 한없이 바랄 게다. 그러다가 뜻대로 되지 않는 현실에 분노가 치밀어 상처받은 짐승이 내는 신음 소리를 낼 게다.

밤낮을 주기로 두 유형의 인간이 승혁의 내부에서 그를 뒤흔들 것이다. 한쪽은 세상을 제멋대로 사는 자신만만한 인간이고, 또 한쪽은 무엇인가 창조하려고 끝없는 고통을 감내하는 상처받은 인간일 것이다.

숨은 진실

　그 후 4개월 동안 승혁에게서는 연락이 전혀 없었다. 그에게 무슨 일이 있으면 연락하라고 가겟집 주인에게 전화번호를 남겨놓았으므로 아무 연락이 없는 것으로 보아 승혁은 별일 없이 혼자 제멋대로 잘 살아가리라 믿었다. 나는 그러한 그의 모습을 가끔 머릿속에 그려보며 혼자서 웃곤 했다.

　그동안 방송국 일이 뜻대로 풀리지 않아 언짢을 때에는 은연중 승혁을 생각하는 버릇이 생겼다. 그를 생각하면 잠시나마 머릿속에서 언짢은 일들이 지워져버리는 묘한 효과가 있었다.

그러던 어느 날 토요일 죽도의 가겟집 노인으로부터 전화가 걸려왔다. 서울에 사는 먼 친척의 결혼식이 마침 내가 근무하는 방송국 근처에서 있어서 결혼식에 온 김에 생각이 나서 전화를 했다는 것이었다. 승혁의 근황도 궁금하고 해서 나는 그와 만날 시간 약속을 했다.

가볍게 차를 나누는 자리에서 나는 승혁에 대해 궁금한 것을 물었다. 노인의 말에 의하면, 승혁은 붕장어잡이에서 얻은 수입과 제방 쌓는 일의 노임으로 수년 내에 부자가 될 것이라고 했다. 또한 그곳에서 일하는 노무자들의 왕초로 존경을 받으며, 그들 위에 거의 군림하다시피 한다고 했다. 건강은 어떠냐는 내 물음에, 살이 찌지 않아서 그렇지 건강하다고 했다. 하기야 오염되지 않은 공기를 마시며, 적당한 노동을 하고, 싱싱한 생선회를 즐기며, 무공해 쌀로 지은 밥까지 먹으니 건강을 해칠 이유가 없을 것이다.

밤에 잠은 잘 자느냐는 내 물음에, 그것까지는 잘 알 수 없으나 잠을 못 잘 이유라도 있느냐고 나에게 되물었다. 노인은 밤새 승혁이 작업실에서 하는 설계 일은 전혀 모르는 듯했다. 나는 마음속으로 승혁이 설계 일은 취미 삼아 적당히 하면서, 그곳에서 노무자들의 왕초로서 몇 년간 사는 것도 나쁘지 않으리라 생각했다. 그러고 난 후 제정신이 들어 제자리를 찾았으면 하는 것이 나의 바람이었다.

노인과 헤어질 때 여비에 보태 쓰라며 제법 많은 돈을 주었다. 승혁에게 무슨 일이 있을 때는 반드시 내게 연락을 하도록 부담을 주자는 이유에서였다.

* * *

선선한 가을바람이 부는 10월 초 나는 미국 여행길에 올랐다. 특별한 목적은 없었지만 혹시 석영과 만나게 될지 모른다는 기대를 품었다.

미국 민주당 내 대통령 후보들의 예비 선거전 양상을 현지에서 취재한다는 명목 아래 언론계 원로 대여섯 사람과 같이하는 여행이었다. 하지만 실제로는 문공부에서 연말 예산도 남았고, 크게 골치를 썩이지 않고 고분고분하게 정부 정책에 잘 협조해준 데 대한 보답조로 보내주는 위로 내지는 뇌물여행이라고 보아야 옳았다.

일행은 먼저 동부 지방으로 갔다. 그곳 어느 대학 강당에서 대통령 후보 간의 공개토론을 참관할 기회가 있었다. 나로서는 도저히 이해할 수가 없었다. 대통령이 되려는 사람들이 모든 국민, 심지어 어린아이까지 보는 앞에서 서로를 헐뜯고 악을 쓰는 장면이 너무나 놀라웠다. 선거 기간 중 자신의 모든 약점과 비리가 폭로된 사람은 대통령이 되더라도 형식적인 대통령일 뿐이지 국민의 진정한 지도자는 될 수 없을 것이라는 생각이 들었다. 그런 미국 대통령 후보 경선 과정에서 우리는 아무것도 배울 것이 없었을 뿐 아니라, 미국에 주재하는 외무부 직원들은 우리들 뒤치다꺼리에 말할 수 없는 고생을 했다. 나는 소극적이나마 나름대로 반발하는 방법을 택했다. 건강을 핑계 대고 일찍 귀국하겠다며 일행과 헤어진 것이다.

귀국길에 출국 전 계획한 대로 로스앤젤레스에서 머물기로 했다. 석 달 전 시카고 생활을 정리하고 로스앤젤레스로 이사한 석영도 만나보고, 그곳에 간 김에 오랫동안 만나지 못했던 친구들의 얼굴도 보고 싶기도 했다.

로스앤젤레스에 도착하여 호텔에 짐을 풀고 석영에게 전화를 걸었다. 마침 석영은 집에 있었다. 석영은 매우 반가워했으나 그녀의 목소리에는 어딘지 모르게 슬픔이 깃들여 있었다. 그녀의 슬픔이 나 혼자만의 상상이기를 바랐다.

석영의 아파트는 로스앤젤레스 남쪽 롱비치 근처에 있었으므로 롱비치에 영구적으로 정박해 있는 퀸메리호에서 만나 저녁을 함께하기로 했다. 나는 이번에 석영을 만나면 서울에서 생각했던 대로 남편 닥터 김이 있는 하이델베르크로 갈 것을 권할 작정이었다. 석영이 그곳 학교가 있는 소도시의 낭만적이며 젊음이 흘러넘치는 분위기에 젖어든다면 승혁이 준 고뇌에서 벗어날 수 있을 가능성이 훨씬 많아질 것이라는 판단이 들었기 때문이다.

나는 시간에 맞추어 퀸메리호에 도착했다. 물 위에 정박한 채 화려한 호텔과 식당으로 꾸며진 퀸메리호는 미국인의 약삭빠른 상혼을 잘 나타내주고 있었다. 수면에서 엘리베이터를 타고 5층 높이 정도 올라가니까 갑판이 나왔다. 갑판을 지나 복도를 걸어가면서 퀸메리호의 역사를 한눈에 볼 수 있었다.

석영과 만나기로 한 식당을 찾느라고 한참이나 복도를 걸어가는데 복도 양편에 걸려 있는 사진들이 눈에 띄었다. 처음 취항할 때부터 그 배에 승선했던 유명인들의 사진들을 보면서 모든 인간의 영욕이 짧은 순간에 지나지 않는다는 것을 다시금 느꼈다.

전에 시카고에서 그랬듯이 약속시간 조금 전에 식당에 도착해보니, 석영은 이미 창 쪽의 테이블에 앉아 창 밖에 펼쳐진 바다의 현란한 야경을 바라보고 있었다. 내가 테이블 사이로 걸어가자 그녀는 고개를 내 쪽으로 돌리며 환한 웃음을 지었다. 그녀는 여전히 아름다웠다. 어떤 고뇌도 그녀의 미소를 망칠 힘은 없는 듯했다.

나는 그녀의 근황을 물었다. 석영은 UCLA 대학 기숙사에 있는 정해와 주말을 함께 지내고 있으며, 석영 자신도 UCLA 대학원에서 동양철학 과목을 일주일에 세 시간씩 청강한다고 했다. 하이델베르크 대학에 있는 닥터 김으로부터는 자주 전화 연락이 온다고 했다. 석영은 닥터 김이 하이델베르크를 매우 좋아하는 것 같다고 덧붙였다. 그래서 내가 하이델베르크의 좋은 점을 수다스럽게 설명했으나 석영은 조용히 듣기만 했다.

우리는 포도주에 곁들여 게요리를 맛있게 먹었다. 석영은 여전히 내가 아는 사람 중에서 가장 훌륭한 대화 상대자이며 청취자였다. 서로의 말이 끊기지 않도록 하여 어색한 침묵이 끼여들 틈을 주지 않았다. 우리는 끊임없이 이야기를 주고받았으나 마지막까지 승혁과 얽힌 과거에 대해서는 일체 언급하지 않았다. 의식적으로 그러한 노력을 할 필요도 없이 자연스럽게 쓰라린 과거나 현재 승혁의 문제로 대화를 이끌어가지 않았다. 나는 그것을 매우 다행으로 여겨 석영에게 고마움을 느꼈다.

밤이 꽤 깊어 내가 웨이터에게 계산서를 부탁하자 석영이 처음으로 심각한 표정을 지었다.

"대식 씨! 대식 씨가 그 사람에게 전화로 닥터 김과의 재혼 사실을 알렸지요?"

석영의 갑작스런 질문에 나는 어리둥절해 고개를 끄덕였다. 그토록 잊으려고 노력했던 과거가 순식간에 우리 두 사람을 짓누르기 시작했다. 과거를 끌어들인 석영에게 야속함을 느껴 침묵을 지키자 석영이 말을 이어갔다.

"그 사람 반응이 어땠어요?"

무턱대고 거짓말을 할 수도 없고, 그렇다고 사실대로 말할 수도 없어 잠자코 있었다. 그 당시 소식을 전하자 마치 자기 딸이 좋은 남자에게 시집을 가게 된 듯 지껄이던 승혁의 목소리가 환청으로 들려왔다.

"아무런 감정이 섞이지 않은 목소리였지요? 그렇지요? ……오히려 기뻐하는 목소리였을 거예요."

나는 여전히 잠자코 있었다.

"그것이 바로, 그 사람이 저와 닥터 김이 결혼할 거라는 것을 정확히 예견했다는 증거예요. 결국 제가 닥터 김과 결혼함으로써 그 사람에게 조금이라도 남아 있을 죄의식을 송두리째 없애버렸고, 그것으로 그 사람에게 완전한 해방을 준 거예요."

"석영 씨는 언제부터 그렇게 모든 것을 삐뚤게 보게 됐나요?"

"모든 것을 삐뚤게 보는 것이 아니라 삐뚤게 보던 것을 이제는 똑바로 볼 수 있게 된 거지요. 저는 그 사람과 멀리 떨어져 있으면서도 그가 줄을 당기는 대로 움직이는 인형이었어요. 닥터 김도 마찬가지고요. 이제부턴 어떤 일이 있어도 그 사람이 조종하는 대로 움직이는 인형은 되지 않겠어요."

"석영 씨는 많이 달라졌어요. 적어도 예전에 내가 알던 석영 씨는 매우 이해심이 많고 관대했지요……."

"그리고 바보 같은 여자였고요."

석영은 내 말을 곧바로 되받았다.

"그럼, 지금의 석영 씨는?"

"그 사람이 가지고 놀던 끈을 잘라버리고 이제는 제가 오히려 줄을 늦췄다 당겼다 하며 그 사람을 움직이려고 해요."

"어떻게요?"

"……."

그녀는 고개를 숙인 채 대답을 하지 않았다.

"어떻게 하겠단 말인가요?"

석영은 고개를 숙인 채 양손을 만지작거리며 조용히

말했다.

"여러 가지 방법이 있어요."

"나한테 얘기해줄 수 없겠어요?"

나는 다시 한 번 물었다.

"다음 기회에 말씀드릴게요."

둘 사이에 어색한 침묵이 흘렀다. 얼마 후 석영이 먼저 침묵을 깼다.

"내일 제가 집에서 점심을 대접하고 싶어요."

석영이 고개를 숙인 채 손을 만지작거리며 나직이 말했다. 그녀를 안아주고 실컷 울고 싶을 만큼 그녀가 애처롭게 보였다.

"좋아요. 내일 석영 씨 집으로 점심 먹으러 갈게요."

식당을 나와 갑판 위 난간에 석영과 나란히 기대서서 망망한 바다를 바라보았다. 운항할 수 없는 이 여객선이 신의 장난으로 이대로 멀리 항해를 시작했으면, 그래서 퀸메리호로 여행했던 수많은 사람들이 느꼈을 행복감을 석영과 난간에 나란히 기대어 서서 느꼈으면, 하고 순간적으로 바랐다.

"석영 씨에게 한 가지 부탁이 있어요. 꼭 들어주면 좋겠어요."

바다 쪽을 보며 내가 입을 열었다.

"무슨 부탁인데요?"

그녀는 내 쪽으로 고개를 돌렸다.

"닥터 김이 있는 하이델베르크로 가면 어때요?"

"왜요?"

석영이 의아해하는 표정을 지으며 물었다.

"석영 씨에게도 환경의 변화가 필요한 것 같아서요. ……낭만에 젖은 학문의 도시에 가서 닥터 김과 함께 지내다 보면 현실을 잊을 수 있을지 몰라요. 아마 그동안 현실에 너무나 집착했었다는 것을 깨달을지도 모르지요. 그리고 닥터 김과 너무 오랫동안 떨어져 있는 것도 좋지 않고……."

석영의 시선이 내 얼굴에 강하게 와 닿는 느낌이 들었다. 그녀와 시선을 마주치면 그녀가 내 부탁을 거절할까 봐 두려워 나는 바다에서 시선을 떼지 않았다.

"모르셨어요?"

"뭘요?"

"닥터 김과는 별거하기로 합의했어요."

"누구의 제의로 그렇게 된 거요?"

"누가 먼저 제의했다기보다 자연히 그렇게 된 거예요."

퀸메리호 어느 곳에서인지 갑자기 요란한 재즈 밴드

소리가 파도 소리에 섞여 울려퍼졌다. 그 밴드 소리에 맞춰 휘황한 불빛 아래서 온몸을 흔들며 춤을 추는 군상들을 떠올렸다. 망망한 바다로 시선을 보냈다. 저 멀리 수평선 가까이 깜박깜박하는 불빛을 비추며 긴 돛을 단 요트가 불어오는 바람을 타고 망망대해를 가로지르며 파도를 넘고 있었다.

우리 모두가 재즈 음악에 맞춰 춤을 춰야 하는 부류라면, 승혁은 저 멀리 보이는 요트 위에서 키를 잡고 있는 부류라는 생각이 들었다. 갑판 위로는 소금기 묻은 바람이 불어오고 있었다. 머리를 휘날리며 슬픈 표정을 짓고 있을 석영에게로 고개를 돌리고 싶은 욕망을 억지로 눌렀다. 그녀를 와락 껴안을지도 모른다는 불안감이 나를 짓눌렀기 때문이었다. 나는 난간에 기대어 먼바다를 바라보면서 입을 열었다.

"헤어지는 것을 전제로 한 별거인가요? ……재결합할 이유가 없으면 자연히 헤어진다는 얘긴가요?"

"그렇다고 봐야지요."

석영도 바다를 향하고 있는 듯 그녀의 말이 바람을 타고 들려왔다.

"닥터 김에게는 너무나 큰 죄를 지었어요."

닥터 김이 받는 고통을 그대로 두고 볼 여자가 아니기

에 시간이 흐르면 동정심 때문에라도 재결합하게 되리라는 기대를 해보았다. 그들이 재결합해서 살다 보면 승혁도 자연히 잊힐 테고, 두 사람이 노력한다면 여생을 후회 없이 보낼 수 있으리라는 생각이 들었다. 잠시 그런 희망에 잠겨 있는 나를 석영은 무참히도 나락으로 빠뜨려버렸다.

"저만 그 사람의 희생물이 되었으면 좋았을 텐데, 닥터 김까지 희생물로 만들었어요. 닥터 김이 그 고통에서 해방되려면 저하고는 헤어져야 될 거예요. 그래서 별거하기로 한 거예요."

"왜 그렇게 생각하지요?"

"그 사람은 나를 버릴 때 내가 닥터 김과 결혼하리라는 사실을 이미 알고 있었고, 그것보다 더 잔인한 것은 닥터 김과 저하고의 관계가 지금과 같이 되어 우리 모두가 더 심한 고통을 받으리라는 것까지 예견하고 있었다는 거예요."

그때서야 나는 석영에게로 고개를 돌렸다. 난간에 기댄 석영의 긴 머리가 바람에 날리고 있었다. 그녀의 옆모습을 한 폭의 캔버스에 옮길 수 있다면 얼마나 좋을까? 나는 아직도 이렇게 아름다운 여자를 본 적이 없다. 아마 영원히 보지 못할지도 모른다. 이렇게 아름다운 여자가 어떻게, 무슨 이유로 모든 것을 똑바로 보지 못하고 삐뚤게만 보아야 하는지 안타깝기만 했다.

"석영 씨, 석영 씨는 뭔가 크게 잘못 생각하고 있어요."

"……"

그녀는 잠자코 옷깃을 가다듬었다. 재즈 음악이 잠깐 그친 사이로 여자들의 소란스런 웃음소리가 들려왔다.

"승혁이도 사람이에요. 우리와 똑같은 사람이란 말입니다. 우리보다 크게 잘난 것도 없고 못난 것도 없는 평범한 인간이에요. ……승혁이도 이 바다 위를 걸어다니진 못해요. ……석영 씨와 닥터 김의 결혼이 이렇게 될 것이라는 예견을 어떻게 할 수 있었겠어요?"

"그 사람은 바다 위라도 걸어다닐 사람이에요. 저 바다가 다른 사람의 눈물로 이루어졌다면 충분히 걸어다닐 수 있어요."

"그렇지 않아요. 승혁은 재즈 음악에 맞추어 실내에서 춤을 추기보다 바닷바람과 함께 바다 위를 떠다니고 싶어할 뿐이에요. 어느 남자나 그런 충동은 다 한번쯤 가지게 되는 거예요. ……왜 승혁이만 그런 일이 가능했는 줄 알아요? 승혁인 자기가 석영 씨를 떠나도 석영 씨가 손해 볼 것이 없다는 확신이 섰기 때문에 모든 것을 훌훌 털고 떠날 수 있었던 거예요. 그만큼 석영 씨가 지적이고 아름답기 때문이지요."

"지금 와서 그 사람을 정당화하거나 미화시킬 필요는 없어요. 제 가슴으로만 느낄 수 있는 진실은 속일 수 없어요."

"진실이 무언지 알아요? 진실은, 승혁이 석영 씨를 과대평가했다는 거예요. 진실은, 석영 씨가 어떤 방법으로든 현실에 적응하여 승혁과 같이 살 때보다 행복하게 살아갈 수 있으리라고 승혁이 확신했다는 거예요. 진실은⋯⋯."

"진실은 딱 한 가지밖에 없어요. 제가 아는 진실은, 그 사람이 가족을 헌신짝처럼 버렸다는 거예요."

석영은 내 말을 중간에서 가로채어 결론을 내려버렸다.

나는 난간에 기댔던 몸을 일으켜 출구 쪽으로 향했다. 뒤따라오는 석영의 하이힐 소리가 유난히 무겁게 들렸다.

우리는 침묵을 지키며 석영의 아파트 앞까지 갔다. 아파트 앞에서 렌터카를 세운 나는 시동을 끄지 않은 채 앞만 쳐다보았다. 내 나름대로 석영의 고집스러운 생각을 탓하기 위해서였다. 석영이 아무 말 없이 차에서 내렸다. 그리고 차 문을 닫지 않은 채 나에게 물었다.

"내일 점심식사 하러 오시는 거죠?"

나는 아무 대답도 하지 않았다.

"여전히 스파게티 좋아하시죠? 아직도 옛날 솜씨는 그대로 간직하고 있어요. 옛날에 제 스파게티가 정말 예술이라고 칭찬하신 게 거짓말이 아니라면 말이에요."

'스파게티'라는 말에 20여 년 전, 시카고에서의 흐뭇했던 추억이 순간적으로 내 머릿속에 그려졌다. 나는 잠시나마 석영에게 언짢은 태도를 보인 것을 후회했다. 그래서 차 문을 짚고 서 있는 석영에게 미소를 보내며 짐짓 쾌활한 목소리로 말했다.

"물론 가지요. 석영 씨만큼 스파게티 요리 솜씨가 뛰어난 사람은 이 세상 어디에서도 찾아볼 수 없으니까요."

"그럼, 기다릴게요."

석영은 내 대답도 기다리지 않고 돌아서더니 한번도 뒤돌아보지 않고 아파트 현관 쪽으로 뛰어갔다. 마치 내 마음이 변할까 두려워 그러는 것처럼.

* * *

호텔에 도착하니 내가 로스앤젤레스에 온 줄 아는 친구들이 남긴 메모가 기다리고 있었다. 늦은 시각이었으나 한 친구에게 전화를 걸었다. 그는 마침 내일이 일요일이라 로스앤젤레스 지역 거주 동기동창들의 골프모임이 있다며 그곳에서 만나자고 했다.

골프장이 마침 롱비치에 있었으므로 전화를 건 친구의 권유를 받아들여 석영과의 점심식사 후 골프장에 가기로 약속했다. 내가 극구 말리는데도 불구하고 늦은 시간에 동창 몇몇이 호텔로 찾아와 늦게까지 넋두리를 하고 갔다. 처음에는 그들과 어울려 젊음을 회상하느라 기분이 좋았지만, 나중에 가서는 그들의 한국 군사독재 정권을 향한 혹독한 비판을 곤혹스럽게 들어야 했다.

아침 느지막하게 나는 호텔에서 눈을 떴다. 어제 밤늦게 헤어진 동창들의 얼굴이 떠올라 다들 무사히 집에 들어갔는지 걱정이 됐다. 시곗바늘이 10시를 가리키고 있었다. 서둘러야만 석영과 약속한 점심시간까지 롱비치에 갈 수 있을 것 같아 마음이 초조해지기 시작했다. 밤늦게까지 술을 마신 탓으로 머리가 지끈거렸다. 이런 상태에서는 석영이 정성껏 만들었을 스파게티도 감당할 수 없을 것 같았다. 이 나이에 아직도 절제라는 단어와 거리가 먼 나 자신이 몹시 안타까웠다.

얼마 후 나는 석영의 아파트에 도착했다. 인터폰을 통

해 들려오는 석영의 목소리가 몹시 반가웠다. 그녀가 사는 층에서 엘리베이터 문이 열렸다. 저만치 석영이 문 앞에 서 있었다. 흰 앞치마를 두른 석영의 환한 웃음이 나의 두통을 말끔히 씻어주었다.

나는 석영을 따라 아파트 안으로 들어갔다. 응접실 소파 앞 탁자에는 빨간 장미다발이 꽂혀 있었다. 석영은 서울 소식이 궁금할 거라며, 하루 전 날짜의 신문을 내 앞으로 놓아주었다. 나는 소파에 앉아 신문을 보는 체하며 주방에서 음식을 준비하는 석영의 뒷모습을 힐끔 쳐다보았다.

나는 문득 석영의 마음을 아직도 승혁이 차지하고 있는 듯해 승혁에게 말할 수 없는 부러움을 느꼈다. 저런 여자가 나를 위해서만 매일 음식을 해준다면 나 역시 이 세상 모든 것을 버리고 그 여자만을 위해 일생을 바칠 수 있을 것 같았다. 신문을 뒤적거리는 체했으나 내 신경은 온통 그녀의 행동 하나하나를 쉴 새 없이 따라다녔다.

조금 후 대바구니에 담긴 이탈리아식 스파게티 면이 식탁 위에 올려졌다. 내가 고개를 들자 석영과 눈이 마주쳤고, 석영은 미소를 지어 보였다. 버터와 마늘가루를 듬뿍 쳐서 바싹 구운 빵의 냄새가 식욕을 돋우었다. 석영은 창문에 커튼을 치고 식탁 위의 은촛대에 꽂힌 빨간

색 양초에 불을 붙였다. 그리고 앞치마를 벗어놓고 나에게 양해를 구한 후 방으로 들어갔다.

잠시 후 옷을 갈아입은 석영이 방에서 나와 식탁으로 가 앉으라고 눈짓을 했다. 정장을 한 석영의 모습이 조금 전과는 다른 분위기를 만들었다. 앞치마를 두르고 주방에서 일할 때의 분위기가 가정적이었다면, 지금의 분위기는 낭만적이라고 해야 할까? 두 분위기가 모두 나름대로 특색이 있어 좋았다.

우리는 식탁에 마주 앉았다. 가만히 흔들리며 타는 촛불에 비친 석영의 피부는 아름다운 저녁노을처럼 발갛게 물들었다. 우리는 붉은 포도주로 축배를 들었다. 그러면서 무슨 말을 해야 할지 몰라 술잔을 든 채로 머뭇거리는 내게 석영이 "우정을 위하여!"라고 말하며 살짝 웃었다. 내가 술잔을 입에 대려고 할 때 "우정이 애정으로 되기를 바라며!"라고 석영이 빠르게 덧붙였다. 나는 그녀의 말을 못 들은 척 지나쳤다. 왠지 어색한 느낌이 들어 석영을 똑바로 쳐다볼 수가 없어 의식적으로 그녀의 눈길을 피했다.

네모진 식탁은 단둘이 앉기에는 너무나 컸다. 승혁의 가족과 우리 가족 모두가 둘러앉아 저녁을 함께한다면 얼마나 좋을까? 석영은 대바구니에서 스파게티 면을 꺼내 내 접시에 올려놓고 그 위에 토마토소스를 얹어주었다. 포크로 스파게티를 한입 감아 넣은 나는 감탄하지 않을 수 없었다. 쫄깃쫄깃한 국수, 토마토가 그대로 들어 있는 소스 맛에는 그녀의 정성이 듬뿍 배어 있었다.

스파게티의 진수를 맛본 것은 20여 년 전 석영이 해준 것을 먹어본 이후로 처음이었다. 나는 마늘가루를 묻혀 구워낸 토스트를 입에 넣고 포도주를 한모금 마셨다. 이제는 정말 한마디 하지 않을 수 없었다.

"솔직히 얘기해봐요……. 최고급 이탈리아 식당에서 미리 주문해놓은 스파게티를 내놓은 거지요?"

내가 감탄하며 고개를 들었다. 석영은 고개를 뒤로 젖히고 소리 내어 웃었다. 밝고 티없는 웃음이었다.

"알면서도 모르는 체하면 안 돼요?"

석영은 여전히 웃음기가 가시지 않는 얼굴이었다.

"그럼 정말로 식당에서 사 왔다는 거요?"

나는 설마 하며 석영을 보았다.

"시간이 없어서 그랬어요. 하루 만에 토마토소스를 만들 수도 없고요. 그렇다고 깡통 속에 든 소스로 대접할 수는 없잖아요……. 그래서 속임수를 썼어요. 이탈리아 식당에 가서 소스만 얻어온 거예요."

그러면서 석영은 다시 소리 내어 웃었다.

"솔직한 여자를 위하여!"

나는 술잔을 들어 축배를 제안했다. 같이 술잔을 들어한 모금 마신 후 석영은 "솔직한 남자를 위하여!"라며 축배를 들었다.

"여자는 솔직한 남자를 좋아하지 않아요. 대식 씨, 알고 계세요?"

"그래요? 몰랐어요. 아, 여자들이 왜 나를 따르지 않는지 이제야 알겠군요."

"그러나 예외는 있어요. 저는 솔직한 남자를 좋아해요."

석영의 음성에 심각함이 깃들어 있었다. 나는 얼른 화제를 바꾸려고 애썼다. 이런저런 이야깃거리를 끄집어냈으나 어쩐지 어색했다. 특히 가족관계와 남녀관계를 피해가자니 대화는 자연히 활기를 잃어갔다.

그런 어색하고 불편한 시간이 흘러간 뒤, 나는 드디어 좋은 화젯거리를 찾아냈다. 한국에서의 대학입시 문제였다. 올해 대학입시를 치를 딸을 둔 나는 대학입시 제도가 아이들에게 미치는 좋지 않은 영향을 장황하게 늘어놓았다. 처음에는 별로 흥미를 보이지 않던 석영도 내가 열성적으로 떠드는 것이 효과가 있었던지 자연스럽게 대화에 동참했다. 그 덕택에 점심을 마칠 때까지 그런대로 지날 수 있었다.

식사 후 우리는 소파에 나란히 앉았다. 조용한 음악을 들으며 커피를 마셨다. 어쩐지 우리를 지배하는 분위기가 부담스러워졌다. 문득문득 석영이 지나가는 말로 한 얘기들이 머리를 스쳤다. "우정이 애정으로 되기를 바라며!"라든지 "저는 솔직한 남자를 좋아해요" 같은 말이었다. 나는 그곳을 빨리 빠져나오고 싶은 심정이었다.

친구들과의 골프 약속시간에 늦지 않게 나간다 해도 아직 한 시간가량 여유가 있었으나, 곁에 앉은 석영이 침묵 속에 종종 보내는 시선을 참아내기 힘들어졌다. 나는 배를 어루만지며 짐짓 쾌활한 목소리로 말하면서 자리에서 일어났다.

"석영 씨 덕분에 오늘은 너무 포식을 한 것 같아요. 서울에 도착할 때까지는 굶어도 되겠는데요."

석영이 깜짝 놀라며 따라 일어났다.

"벌써 가시게요?"

"친구들과 골프 약속이 돼 있어요. 지금 떠나면 시간이 맞을 것 같은데요."

석영이 매우 실망하는 표정을 지었다.

"골프 치고 다시 오시는 거죠? ……기다릴게요."

"아니, 친구들하고 저녁 약속을 했어요. 늦을 테니 호

128

텔로 그냥 가야죠."

"내일은 뭘 하실 거예요?"

"내일 아침에 서울로 돌아갈 예정이에요. 그러니 여기서 작별인사를 해야겠는데……."

나는 그녀의 시선을 피한 채 등을 돌려 문 쪽으로 먼저 발길을 옮겼다. 뒤에 있던 그녀가 내 팔을 잡았다. 내가 깜짝 놀라 고개를 돌리자 그녀는 잡았던 팔을 놓으며 고개를 숙였다. 나는 그녀의 등을 가볍게 두드려주고 다시 등을 돌려 문으로 향했다. 바로 그 순간 너무나 놀라운 일이 일어났다. 석영이 내 허리를 등 뒤에서 힘주어 팔로 감아안고 등에 얼굴을 댄 채 울먹이며 빠르게 말했다.

"골프는 언제라도 칠 수 있잖아요. 저하고 있어요. 오늘은 저하고 있어요."

나는 너무나 예상 밖의 일에 어쩔 줄을 몰랐다. 다음 순간 한 장면이 뚜렷이 떠올랐다. 대천항의 선착장에 올라서서 승혁이 했던 말, "석영의 다음 목표는 대식이 너일지도 몰라." 그리고 그 말을 할 때 승혁이 낄낄거리며 웃던 모습……. 나는 자신도 모르게 문 쪽으로 세차게 발길을 옮겼다. 내 허리를 감았던 팔이 풀리며 바닥에 엎어진 석영이 내 다리를 껴안았다.

"저하고 있어요…… 오늘은 저하고 있어요."

그녀는 바닥에 엎어진 채 빠르게 말했다.

나는 더욱 힘을 주어 잡힌 다리를 빼내었다. 문을 열고 황망히 한발짝 문 밖으로 나올 때 석영의 흐느낌이 등 뒤에서 들려왔다.

나는 문을 닫고 뛰었다. 석영의 흐느끼는 소리가 내 귀에 울려퍼졌다. 그 소리를 듣지 않으려고 나는 마음속으로 세상이 떠나가도록 소리를 지르고 있었다.

* * *

약속 장소로 가는 동안 내내 조금 전 석영의 아파트에서 일어난 장면들이 눈앞을 스쳐갔다. 내가 나온 후의 그녀 모습을 상상하자 가슴이 터지고 숨이 막히는 듯했다.

나는 무작정 고속도로를 전속력으로 달렸다. 무섭게 쫓아오는 기억에서 벗어나려면 그 길밖에 없는 것 같았다. 갑자기 도로변의 산천초목이 지저분한 쓰레기로 보였고, 고속도로를 달리는 인간들이 추악하게 보이기 시작했다.

그때 '앵' 하는 사이렌 소리가 뒤에서 들려오지 않았다면 나는 그대로 영원히 달렸을지도 모른다. 나는 차를 고속도로 갓길에 세웠다. 경찰관은 자살하려면 더 좋은 방법이 있을 거라며 내가 시속 100마일로 달렸다고 말했다. 경찰서로 가자는 경찰관에게 여행 중인 내 형편을 설명했다. 경찰은 조심하겠다는 내 다짐을 받아내고는 그냥 가게 해주었다.

약속한 골프장에 도착하니 스무 명 정도 되는 친구들이 먼저 와서 기다리고 있었다. 대부분이 10여 년 만에 처음 보는 친구들이었다. 나는 그들과 환한 웃음으로 농담 섞어 인사말을 나누면서부터 잠시나마 석영을 잊을 수 있었다. 오랜만에 만난 어릴 적 친구들과 어울려 허튼 농지거리를 하면서 석영의 아파트에서 일어났던 일은 내가 받아들인 것만큼 중요한 일이 아닐지도 모른다는 생각이 들었다. 옛날 순수했던 젊은 시절, 인생은 재미있는 일만 찾아서 즐기는 것쯤으로 받아들였던 우리들의 단순한 마음이 되살아났기 때문일 것이다.

그러한 분위기에서 친구들과 골프를 시작했다. 그러나 잔디를 걸을 때면 잊어버렸던 석영의 모습이 내 눈앞에 어른거리곤 했다.

처음 얼마 동안은 흐뭇한 느낌이 들었다. 그렇게도 기막힌 아름다움과 지적인 면을 겸비한 여자가, 마음속으로 생각만 해도 가슴이 뿌듯하던 여자가, 남자의 사랑을 받기 위해서 태어난 것만 같은 여자가 내 다리를 붙들고 떠나지 말라는데도 뿌리치고 나온 나 자신을 떠올리며 우쭐한 느낌마저 들었다. 지금까지 나 자신을 너무 비하해서 생각하지 않았나? 혹시 나도 모르는 사이 석영 같은 여자가 매력을 느낄 만큼 내가 매력적인 남자가 된 것은 아닐까?

갑자기 푸른 잔디가 더욱더 푸르게 보이고, 주위의 고목나무가 한층 더 아름다운 모습으로 다가왔다. 정말로 오랫동안 나도 모르게 잃어버렸던 자신감이 가슴속에서 용솟음쳤다. 석영의 슬픔이 내게는 가장된 슬픔 속에 숨겨진 행복한 자신감으로 변모해갔다.

그런 우쭐한 기분으로 두 홀을 마쳤다. 그러나 석영의 슬픔이 내 가슴속에 다시 파고들기 시작하면서 지구상의 한 귀퉁이에서 일어나고 있을 작은 기쁨마저도 잔인한 것처럼 느껴졌다. 석영을 향한 가장된 슬픔 속에 느꼈던 행복감이 쇠뭉치가 되어 내 가슴을 두들겼다.

나는 인간의 간사함을 통탄했다. 아니, 나라는 인간이 그토록 간사하고 이기적일 수 있단 말인가? 갑자기 나 자신이 혐오스러워졌다.

이러한 자학에 빠져 친구들의 농담도 건성으로 들으며

우울한 시간을 보냈다. 더 이상 그곳에 친구들과 같이 있을 수 없었다. 나는 친구들에게 몸이 불편하다는 핑계를 대며 호텔로 돌아가서 쉬어야겠다고 양해를 구했다.

호텔로 돌아온 나는 침대에 누워 천장만 응시하고 있었다. 석영은 지금쯤 무슨 생각을 하며 무엇을 하고 있을까? 나는 여러 가지로 상상해보았다. 어떤 상상도 내 마음을 편안히 해주지 못했다. 나는 벌떡 일어나 석영에게 전화를 걸었다. 발신음이 유난히 크게 들려 내 가슴을 흔들어놓았다. 잠시 후 '헬로' 하는 석영의 음성이 울려퍼졌다.

"석영 씨? 나요. 좀 피곤해서 골프를 치다 말고 호텔로 돌아왔어요."

"……"

"석영 씨! 듣고 있지요?"

나는 혹시 전화가 끊어졌나 해서 물었다.

"네, 듣고 있어요."

"지금 그곳에 갈 테니 같이 저녁이나 해요."

"……"

여전히 석영은 대답을 하지 않았다.

"5시쯤 도착할 수 있을 거요."

"그러실 필요 없어요. 저도 외출하려던 참이에요."

석영의 음성은 너무나 쌀쌀하여 어떤 비장한 결심이 묻어 있는 듯했다.

"하여튼 집에 있어요. 내가 그리로 곧 갈게요."

"아니에요. 그러지 마세요……. 전화 끊어요."

석영은 내 대답을 기다리지도 않고 조용히 수화기를 내려놓았다. 전화는 끊겼다. 나는 수화기를 든 채로 한참 동안 서 있었다. 그러고는 힘없이 수화기를 내려놓았다.

나는 오늘 낮에 있었던 일을 되씹어보았다. 석영은 내 허리를 안고 같이 있어달라고 애원했었다. 외로운 여자의 순간적인 솔직한 감정이었을지도 모른다. 그런데 나는 승혁이 별 생각 없이 지껄였을지도 모르는 몇 마디 말을 그 순간에 떠올리고는 애처롭게 매달리는 그녀를 매정하게 뿌리쳤다.

만일…… 만일의 경우 이것이 사실이라면 나는 석영에게 더할 수 없는 잔인한 짓을 저지른 것이다. 외롭고 슬픔에 싸여 어쩔 줄 모르는 연약한 여자의 단순한 행위를 따뜻하게 다독거려주지 못하고, 석영에게 남아 있는 조그마한 자존심마저 짓뭉개버렸다. 승혁에게는 그럴 권리가 있을지 모르나 적어도 내게는 그럴 권리가 없다. 승혁에게서 버림받았다고 단정하는 석영이 이제 나에게 그런 모욕을 당했으니…….

그녀는 지금쯤 무슨 생각을 하고 있을까? 어떤 심정일까? 나는 나 자신을 석영의 입장에 놓고 그녀처럼 생각해보려고 노력했다. "그러실 필요 없어요. 저도 외출하려던 참이에요"라는 석영의 마지막 말이 계속 가슴을 울려왔다. 그 말은 처음에는 냉정을 잃지 않은 여자의 목소리로 들렸고, 다음엔 슬픔에 잠긴 목소리로 바뀌었고, 그다음엔 비장한 각오가 서린 목소리로 변했다. 무서운 공포가 내 온몸을 휩쌌다. 가슴을 쥐어뜯는 죄책감이 나를 엄습해왔다. 나는 견딜 수 없어 고개를 흔들며 뜻도 없는 말을 중얼거렸다.

그렇다, 석영은 죽음을 생각하고 있는 거다! 하지만 석영에게 그런 끔찍한 일이 절대로 일어나서는 안 된다! 만일 석영이 죽는다면…… 그건 어리석은 나 때문이다!

나는 호텔방을 후닥닥 뛰쳐나왔다.

* * *

나는 석영의 아파트에 도착하자마자 문 앞으로 달려가 초인종을 눌렀다. 아무런 반응이 없었다. 나는 또다시 눌렀다. 그러나 인기척이 없었다. 불안한 생각에 가슴이 터질 것 같았다. 나는 석영이 외출 중이기만을 바랐지만, 그보다는 안 좋은 일이 일어났을 것 같은 예감이 더 강하게 들었다. 조급한 마음으로 계속 초인종을 눌러댔다. 더 이상 기다릴 수가 없어 문 옆 창문을 주먹으로 쳤다. 주먹이 붉은 피로 물드는 것을 본 순간 깨어진 창문 사이로 매캐한 냄새가 새어나왔다. 나는 깨진 틈으로 손을 넣어 창문을 열고 안으로 넘어들어갔다.

아파트 안은 어두웠다. 창문에 드리워진 커튼 사이로 비쳐든 한줄기 빛으로 응접실은 희미한 윤곽을 드러내고 있을 뿐이었다. 나는 '헉' 하고 숨이 막혀오며 아찔한 현기증을 느꼈다. 가스가 응접실에 꽉 차 있었다. 응접실 안을 둘러보았으나 석영은 보이지 않았다. 나는 창문 쪽으로 뛰어가 커튼을 젖히고 창문들을 활짝 열어놓고는 주방으로 달려가 열려 있는 가스레인지의 밸브를 잠갔다. 응접실로 나와 다시 석영의 모습을 찾았다. 술병과 술잔이 놓인 탁자 옆 바닥에 쓰러져 있는 석영의 모습이 눈에 들어왔다.

나는 석영을 일으켜 앉히며 석영의 얼굴을 자세히 보았다. 숨을 쉬지 않는 것 같았다. 나는 무턱대고 석영의 어깨를 잡고 흔들다가 뺨을 때렸다. 그때서야 석영은 얼굴을 찡그렸다. 나는 급히 석영을 안고 욕실로 갔다. 샤워기를 세게 틀어 쏟아지는 찬 물줄기 속에 석영을 세웠다. 석영이 얼굴을 다시 찡그리며 주저앉으려고 했다. 나는 다시 그녀를 일으켜 세우고 한 번 더 빰을 세차게 때렸다. 찬물이 석영과 나의 머리 위로 쏟아져내렸다. 한참을 찬물 밑에 서 있던 석영은 정신이 드는지 눈을 감은 채 옆으로 축 늘어뜨리고 있던 팔을 올려 손으로 얼굴을 문질렀다. 몇 번을 그렇게 한 후 쏟아지는 찬물이 싫다는 듯 얼굴을 찡그린 채 내가 잡고 있는 양어깨를 들썩이며 울음을 터뜨리기 시작했다. 나는 샤워기를 잠갔다. 그러고는 석영을 와락 내 품속에 끌어들였다. 그리고 그녀가 품안에서 그대로 울도록 두었다. 그녀는 어린아이처럼 끝없이 울었다.

석영이 다소 숨을 돌리고 진정되는 듯할 때, 나는 그녀를 안고 침실로 갔다. 그녀의 겉옷만 벗기고 시트로 감싸서 침대에 눕혔다. 조명을 낮춰 방안을 어둡게 한 후 나는 침대 옆에 앉아 그녀의 손목을 잡고 맥박을 헤아렸다. 맥박은 정상인 듯했다. 그녀는 곧 깊은 잠에 빠져들었다. 나는 그녀의 맥박수를 계속 세며 그녀의 잠자는 얼굴을 지켜보았다.

방금 있었던 일이 마치 무대 위에서의 연기였던 것처

럼 그녀는 어떤 세파도 경험하지 않은 순진한 표정을 지으며 잠들었다. 내 행동이 이런 여자를 죽음으로 몰고 가려 했다고 생각하자 온몸이 떨려왔다. 내 기억 속에서 이 일을 지워버릴 자신이 없었다.

석영을 병원으로 옮기든지 의사를 불러야겠다고 생각할 즈음 그녀가 눈을 떴다. 그녀는 천장을 응시한 채 한참을 있더니 주위를 살피다가 내 눈과 마주쳤다. 흠칫 놀라는 그녀에게 나는 아무 일도 일어나지 않은 것처럼 여느 때와 다름없이 미소로써 맞이했다. 그녀는 한 손으로 이불을 끌어 힘주어 잡으면서 다른 손은 입으로 가져가서 엄지 손마디를 깨물며 눈을 감았다. 감은 눈에서 눈물이 흘러내렸다. 나는 무슨 말이든 해야 한다고 생각했다. 그냥 이대로 앉아서 그녀의 고통을 보고만 있을 수는 없었다.

"석영 씨는 어린아이 같은 짓을 했어요."

"왜 저를…… 그냥 놔두지 않으셨어요?"

석영의 조용한 음성엔 원망이 섞여 있었다.

"석영 씨, 다시는 이런 짓 안 하겠다고 약속해줘요."

"……"

석영은 아무런 대답도 하지 않았다. 석영이 다시는 자살 시도를 하지 않겠다고 대답하더라도 그녀의 말을 믿

138

고 안심할 수는 없었다. 어떻게 해서라도 그녀의 마음을 돌리지 않고는 자리를 뜰 수가 없었다. 나는 석영이 나 때문에 받은 마음의 상처를 치유해주지 않으면 안 된다는 생각에 사로잡혀 있었다.

"석영 씨, 나하고 얼마 동안이라도 어디 여행 갔다 올래요?"

그때 왜 그런 말이 입 밖으로 나왔는지 나로서도 알 수가 없었다. 석영은 다소 놀라는 표정으로 눈을 크게 뜨고 나를 쳐다보았다.

"언제요?"

"오늘 저녁에라도."

"왜요?"

"……."

"저를 동정해서요?"

"아니요. ……사랑하기 때문에."

나는 그녀의 표정을 보기가 두려워 의식적으로 시선을 아래로 깔았다. 왜 그런 말이 불쑥 튀어나왔는지 나 자신도 놀랄 지경이었다.

"언제부터요? 오늘 낮부터요?"

"아니요, 오래전부터요."

"얼마나 오래전이에요?"

"꽤 오래됐어요."

무의식의 상태였다. 아니, 그렇게밖에 설명할 수 없었다.

"그럼, 정말 오늘 저녁 떠날 수 있어요?"

석영이 물어왔다.

"어디 특별히 가고 싶은 곳이라도 있어요?"

"아니에요. 그냥 공항에 가서 마음에 드는 비행기를 타도록 해요. 우리도 아무런 계획 없이 여행해봐요. 어디 가서 얼마 동안 머무느냐는 그때그때 정하도록 하고요."

"좋은 생각이에요."

"그럼 지금부터 세 시간 후 공항에서 만나기로 해요. 그리고 아무 비행기나 마음 내키는 대로 타고 떠나는 거예요."

"그렇게 합시다."

"왜, 자신이 없으세요?"

"아니요, 자신 있어요."

석영은 갑자기 생기가 도는 듯했다. 반면 나는 시무룩해져서 자신 없이 대답했다.

"네, 좋아요. 우리도 누구처럼 멋대로 살아봐요. 짧은 기간만이라도요."

그 '누구'가 승혁을 의미한다는 것은 금방 알아챌 수

있었다.

"그럼 지금 가셔서 준비하시고 공항에서 만나요. 팬암 터미널에서요."

석영의 말에 나는 엉거주춤 일어났다.

아파트를 나와 차를 주차한 곳으로 걸어가는 내 귀에는 무서운 저주처럼 두 사람의 소리가 들렸다. 차에 타고 시동을 걸자마자 주차장을 빠져나왔다.

승혁이 낄낄거리며 "다음 목표는 대식이 너일지도 몰라"라고 했던 말과 석영이 나를 똑바로 쳐다보며 "누구처럼 멋대로 살아봐요" 하는 말이 이명처럼 울려퍼졌다. 자신이 저지른 일에 무관심한 태도를 취했던 승혁이 괘씸했고, 그러한 승혁으로부터 빠져나오지 못하는 석영이 야속했다. 나 자신이 그들의 노리갯감이 되고 있는 것이 아닌가 하는 생각이 들자 걷잡을 수 없는 분노가 솟구쳤다.

다음 순간 나는 의식적으로 20여 년 전에 있었던 일을 회상했다. 동생이 대학입시에 실패하고 아버지의 질타로 음독자살을 기도했던 때였다. 내 평생 가장 괴로웠던 무더운 여름을 승혁의 집에서 보내고 9월 학기에 맞춰 학교로 돌아왔다. 당시는 동생의 음독자살 기도가 가져다준 비참한 충격이 채 가시지 않은 때였다.

학교로 돌아오기 전, 그 여름 동안 석영과 함께 장을 보아 둘이서 그녀가 만든 스파게티를 먹기도 했고, 석영이 가자는 데는 이곳저곳을 가리지 않고 돌아다녔다. 나를 위로하려는 석영의 성의를 생각해서라도 나는 충격에서 완전히 벗어난 듯이 의연하게 행동해야만 했다. 석영의 노력이 효과가 있다는 것을 그녀가 느끼도록 해주고 싶었다.

그러나 막상 학교로 돌아왔을 때는 여전히 동생의 자살기도 사실이 나를 괴롭혔다. 어리숙하고 착하기만 한 동생이 여관에 들어가서 소주에 수면제를 타서 마시는 장면이 수없이 머릿속에 그려졌다. 그럴 때마다 억제할 수 없는 분노가 아버지에게로 향했다. 동생이 그 지경이 될 때까지 보고만 있었던 다른 가족에 대해서도 치가 떨릴 정도였다.

그러한 가정을 자랑스러워했던 나 자신이 혐오스러웠다. 20대 중반에 처음 당한 정신적인 충격은 나를 나날이 변해가게 만들었다. 내가 다른 사람보다 훌륭해져가는 모습을 보이고 싶었던 가족 모두가 저주의 대상이 된 이상 나 혼자 훌륭하게 될 필요가 없다는 생각이 들었다. 사회적으로 성공했다는 아버지가 자신의 둘째아들을 그렇게 만든 이상, 나는 사회적으로 성공할 필요를 전혀 느끼지 못했다.

나는 혼자 단단히 결심했었다. 부모에게 복수를 하고 가족과 철저히 인연을 끊기 위해서라도 미국 여자를 찾아 결혼하기로. 그래서 미국 어느 시골 학교에 조용히 묻혀 자식들 뒷바라지나 하며 파란 없는 무미건조한 생활로 일생을 보내기로. 그리고 아버지가 돌아가셨을 때는 외국이라는 핑계를 대고 장례식에도 참석하지 않기로.

그러한 심경에 처해 있던 내 마음을 훤히 읽기라도 한 듯 석영과 승혁은 개학 후 두 번째 맞는 주말에 학교로 나를 찾아왔다. 명분은 주말에 있을 축구경기를 함께 관전하기 위한 것이었지만 축구를 좋아하지 않는 석영의 제안이었다는 말에, 축구경기 관전이 목적이 아니라 나에 대한 염려와 배려 때문이라는 사실을 알 수 있었다. 석영에게 내 비참한 심경을 눈치채게 하고 싶지 않아 겉으로는 쾌활한 척 노력했다.

축구경기가 끝나고 나서 우리는 50년 역사를 자랑하는 학교 앞의 맥주집에 들어갔다. 그날의 승리를 축하하는 떠들썩한 학생들 속에 앉아 우리는 냉장고에서 꺼낸 삶은 달걀만을 안주로 생맥주를 마셔댔다. 잠깐 동안의 침묵도 허용치 않으려고 단단히 작정을 한 듯이 승혁은 허튼 소리를 끊임없이 지껄여댔고, 석영도 신이 난 듯 맞장구를 쳤다. 나도 쾌활해지도록 노력했으나 생맥주가 뱃속에 들어갈수록 더 우울해지기 시작해 쾌활하게 따라 웃으려는 노력이 매우 힘이 들었다. 내 미소는 계면쩍은 것으로 바뀌었고, 허튼말을 지껄일 때는 왜 이런 소리를 지껄이게 됐는지 몰라 말끝이 흐려져 마무리를 짓지 못했다.

무한한 에너지를 소유하고 있을 성싶던 승혁도 밤이 늦어지자 입을 다물 때가 종종 있었다. 꽤나 어색한 침묵이 우리와 자리를 같이하기 시작했을 때 석영이 엉뚱하게 말문을 열었다.

"오늘 저녁은 내 생애 최고의 날이에요."

얼떨떨해진 승혁이 왜 그러느냐고 물었다.

"세상에서 가장 멋진 두 남자와 맥주를 마시고 있으니까요."

"나하고 또 누구야?"

주위를 두리번거리며 승혁이 말했다.

"내 옆에 앉아 있는 남자요."

석영이 나를 손으로 가리키며 승혁의 질문을 받았다.

"왜 멋진 줄 아세요? ……두 사람은 정해진 운명에 자신을 맡길 사람이 아니라 자신의 운명을 만들어낼 사람들이니까요."

"그걸 어떻게 알아?"

나는 가만히 미소만 짓고 있었고 승혁이 되물었다.

"여자는 그걸 판단할 수 있는 눈을 가지고 있거든요. 바다 위에서 바람이 부는 대로 자신을 내버려두는 남자와, 키를 잡고 방향을 정하는 남자를 구별할 수 있어요."

"내 어떤 점이 그랬어? 내가 무턱대고 잘 알지도 못하는 여학생의 집을 덜덜거리는 차를 몰고 찾아갔기 때문에?"

승혁은 기분이 좋은 듯 물었다.

"아뇨, 외국인 학생회에서 잠깐 보았을 때 벌써 알아차렸어요. 승혁 씨가 세인트루이스에 있는 우리 집을 찾아오지 않았더라면 제가 언제든 승혁 씨를 찾아갔을 거예요."

"좋았어. 한 잔 더 하지."

승혁은 석영의 말에 한층 더 으쓱해진 척하며 큰소리로 맥주를 시켰다.

"얘는 어떤 점이 그렇게 보였어?"

나를 가리키며 승혁은 짓궂게 얼굴을 찡그리며 물었다.

"눈을 보세요. 여자는 남자의 눈을 보면 알아요. 어떤 남자인지 본능적으로 알게 돼요."

"기분이 썩 좋진 않은데."

승혁은 기분 나쁜 표정을 미소 속에 억지로 만들어 보

였다.

"더 기분 좋지 않게 할까요? 당신을 안 만났다면 저는 대식 씨를 어떻게든 차지했을 거예요."

석영이 우울한 나를 위해 하는 말일 거라고 짐작은 했지만 기분은 좋았다.

"어떤 여자가 대식 씨와 결혼하든 그 여자는 행복할 거예요. 왠지 아세요? 여자는 자신의 운명을 만들어가는 그런 남자를 사랑하기를 원하거든요. 그리고 그 남자가 만들어가는 운명에 자신도 일부분이 되어 함께할 때 기쁨을 얻어요.

회상이 여기까지 다다랐을 때 나는 길 옆을 두리번거리며 공중전화를 찾았다. 차가 요란한 소리를 내며 멈추자마자 나는 뛰어내려 공중전화로 달려갔다. 번호를 누르고 두 번째 발신음이 끝나자 '헬로' 하는 석영의 목소리가 들렸다.

"석영 씨, 나요…… 대식이에요."

"……."

"석영 씨, 듣고 있어요?"

"네, 말씀하세요."

풀이 죽은 조용한 목소리였다.

146

"석영 씨, 20여 년 전 축구 구경하러 우리 학교에 왔다가 뒷풀이로 생맥주집에 갔던 거 기억나요?"

"······네."

한참 만에 석영이 대답을 했다.

"그때 석영 씨가 무슨 말을 했는지도 기억나요?"

"······."

"이렇게 말했지요. 승혁과 나는 정해진 운명을 따라가는 남자들이 아니라고. 이제 기억나요? 그리고 여자는 남자가 만들어가는 운명이 어떠한 것이든 자기도 그 일부분이 된다면 기쁨을 얻는다고 했잖아요······. 나는 그런 남자가 못 돼요. 그러나 승혁인 석영 씨가 본 그대로 자신의 운명을 만들어가는 남자예요."

"······."

"한번 생각해봐요."

"그 말 하시려고 전화했어요?"

"사실은 아까 석영 씨에게 해야 될 이 말을 빠뜨렸다는 걸 지금에야 생각나서 얘기하는 거예요. ······그러면 약속대로 만납시다."

"네, 공항에서 만나요."

그제서야 석영은 안심하는 목소리였다. 아마 내가 갑자기 전화를 한 이유가 여행을 취소하자는 것으로 짐작했던 모양이었다.

나는 호텔로 돌아와서 짐을 싸기 시작했다. 그러다 문득 석영과 여행을 가기 위해 짐을 싸는 내 행동이 과연 옳은가 두려워졌다. 내 경솔한 행동으로 인해 무서운 마수가 덮쳐오는 듯했다. 그렇다고 이제 와서 어떻게 할 수도 없었다. 석영을 그냥 두면 또다시 자살을 기도하지 않으리라는 확신도 없었다. 이제는 어떻게 할 수도 없는 처지였다.

나는 그 누군가가 석영을 살리기 위해 내 입을 빌려 함께 여행을 하자는 말을 한 것이라고 믿기로 했다. 그렇다면 이제 내게 어떤 일이 일어날 것인가? 아무 생각도 할 수가 없었다. 나는 욕실로 가서 세면대에 찬물을 틀어놓고 머리와 얼굴에 뒤집어썼다. 그러나 그것도 허사였다. 나는 세면대 위에 붙은 거울을 의식적으로 보지 않으려고 노력했다. 볼 용기가 나지 않았다. 보나마나 거울에 비친 내 얼굴은 의지가 약한 사람의 모습일 것이고, 결과를 심사숙고하지 않고 경솔하게 지껄이는 사람의 얼굴일 것이 뻔했다. 나는 끝내 거울을 보지 않고 욕실을 나와서 다시 짐을 싸기 시작했다.

나는 호텔방을 나서며 내 나름대로 결론을 내렸다. 하루하루 되는 대로 살겠다고. 내일 일은 내일 걱정하기로. 그리고 모든 것을 운명에 맡기고 운명이 이끄는 대로 묵묵히 가겠다고.

공항에 도착하니 약속시간 10분 전이었다. 팬암 터미널에 석영의 모습은 아직 보이지 않았다. 출발 시간과 목적지를 터미널 스크린에서 훑어보았다. 한두 시간 내 유럽으로 출발하는 비행기가 여러 대 있었다. 보통의 경우 빈자리가 있으니 어느 비행기나 탈 수 있었다.

나는 오랜 문명을 간직한 나라 순서로 돌아보는 편이 좋지 않을까 생각했다. 아테네·로마·파리·런던, 그리고 뉴욕……. 알렉산더와 시저, 나폴레옹과 넬슨의 나라들을 차례로 방문하고 다시 미국으로 돌아와 뉴욕 브로드웨이 극장에서 2년 전 암으로 죽은 율 브리너의 마지막 무대 출연 작품이었던 〈왕과 나〉를 보는 여정을 머릿속에 그렸다. 아마 석영은 알렉산더보다도 아리스토텔레스를, 시저가 아니라 다빈치를, 나폴레옹보다는 로트렉을, 넬슨 대신에 데이비드 린을 상상할 게다.

나는 자신도 모르는 사이 흥분에 휩싸였다. 지금 이 순간만큼은 결과야 어떻게 되든, 여행 후 어떤 벌을 받더라도 여행을 중단하기가 싫었다. 구름을 타고 하늘을 나는 기분이었다.

석영과의 여행은 내가 살아야 할 인생과는 다른 또 하나의 인생으로 느껴졌다. 그 다른 인생이 얼마나 짧든, 그 인생은 석영이라는 여자가 이 세상에 없었더라면 내게는 결코 올 수 없는 행운이었다. 그 짧은 인생이 남겨줄 수많은 아름다운 기억은 앞으로 닥칠 어떠한 고통도 감당해낼 힘이 되리라는 확신이 들었다.

벽에 걸린 시계를 보니 약속시간이 10분이나 지나 있었다. 바로 그때 티켓 카운터에서 나를 찾는 방송이 나오고 있었다. 나는 뛰다시피 티켓 카운터로 가서 내 이름을 밝혔다. 무표정한 직원이 봉투를 내게 내밀었다. 불길한 예감이 들었다. 나는 잠시 망설이다가 봉투를 뜯었다. 석영의 글씨가 눈에 들어왔다.

대식 씨.

대식 씨가 떠난 후, 그리고 대식 씨의 전화를 받고 곰곰이 생각해볼 기회를 가졌어요. 대식 씨가 한 말 하나하나를 음미하고 그 사람이 대식 씨에게 보낸 편지를 여러 번 읽었어요.

대식 씨가 이 편지를 읽을 즈음 저는 정해를 만나러 기숙사로 가는 중일 거예요. 정해와 하루를 보낸 후 다음날 하이델베르크로 가기로 했어요.

닥터 김을 만나 그의 고뇌를 풀어줄 의무가 저에게 있어요. 닥터 김에게 잘못을 빌고 전과 같이 친구로나마 지낼 수 있도록 최선을 다하겠어요. 이제 저 자신을 찾은 이상 행복하게 지낼 자신이 있어요. 대식 씨께 분명히 약속드릴 수 있어요.

끝으로 한 마디. 대식 씨가 저와 같이 여행을 가기로 했던 결단이 제가 저 자신의 모든 것을 되찾을 수 있게 한 유일한 힘이었어요.

대식 씨의 그런 소중한 배려를 받는 여자라면 어떤 남자에게도 버림받을 수 없다고 생각했어요. 그 사람도 포함해서요.

대식 씨, 고마워요.

석영

나는 터벅터벅 걸어 팬암 터미널을 나왔다. 싸늘한 로스앤젤레스의 저녁바람이 나를 휩쌌다. 나는 씁쓸한 미소를 지으며 혼자서 중얼거렸다.

"그러면 그렇지…… 어떤 여잔데."

자유, 그 불멸의 불꽃이 되어

미국에 다녀온 지 한 달 반이 지난 어느 주말, 나는 도고호텔에서 열리는 언론인을 위한 세미나에 참석했다. 명색이 세미나지, 문공부 주선으로 언론계에 종사하는 중진들을 초청하여 주석이나 마련해주고 은근히 정부 시책에 협조해달라는 고차원적인 매수 공작의 일환이었다. 신문사에 몸담고 있는 중진 언론인들이 공작의 대상이었으므로 국영 방송국 논설위원으로 초청받은 나는 선뜻 마음이 내키지 않았다. 그러나 사장이 참석하라는데 굳이 불참하여 그의 눈밖에 나는 것도 좋지 않을 것 같아 마지못해 참석했던 것이다.

금요일부터 시작된 세미나는 예상했던 대로 지나친 시간 낭비였다. 외국에서 학위만을 따가지고 온 경험도 없는 젊은 교수들이 별것 아닌 주제를 가지고 장황하게 떠들어댔다. 나는 자리에 앉아 세미나와 무관한 청탁 원고 초안을 잡거나 낙서를 하면서 무료한 시간을 보냈다. 토요일 저녁엔 문공부 장관이 주최하는 리셉션에 방송국 사장도 참석하게 되어 있어서 그렇다고 일찍 그곳을 떠날 수도 없었다. 게다가 리셉션이 끝나면 참석한 언론인들에게 장관 이름으로 돌리는 촌지도 놓치고 싶지 않았다.

아침나절에 '대중 언론매체의 사회적 책임'이라는 거창한 주제하에 금테안경을 낀 젊은 교수가 영어 반, 한국어 반을 섞어가며 허튼소리를 지껄여댔다. 나는 그 교수에게 강의를 들어야 하는 학생들이 매우 측은하게 느껴졌다.

점심식사 후 장관이 참석하는 저녁 리셉션 때까지는 자유시간이었다. 그런데 이미 도고골프장에서 조를 짜서 골프를 치도록 일정이 짜여 있었다. 내가 속한 조 명단에 문공부 관리와 금테안경을 낀 그 교수가 있는 것을 알고 나는 피곤하다는 핑계를 대고 골프장에 가지 않았다. 대여섯 시간 동안이나 그들과 같이 있고 싶지가 않앉다. 어떻게 시간을 보낼까 궁리하던 중 승혁이 떠올랐다. 죽도는 도고에서 한 시간 반 정도면 갈 수 있는 거리였다. 마침 잘됐다 싶어 죽도로 가 승혁을 만나보기로 했다. 나는 곧 차를 몰아 대천 방향으로 향했다.

차를 몰고 가면서도 그동안 승혁이 어떻게 지냈는지 몹시 궁금했다. 지난번 서울에서 가겟집 주인을 만난 이후로 한 번도 전화가 온 적이 없어서 별일 없으리라 생각하고 있었다. 혹시 승혁이 죽도를 떠나 다른 곳으로 거처를 옮겼을지도 모른다는 생각이 들자 갑자기 그가 몹시 그리워졌다.

돌이켜보면 나와 승혁과의 만남은 묘한 데가 있었다. "만나면 화가 나고 헤어지면 안쓰러워지는" 그런 관계라고나 할까? 특히 근래에 와서는 현실과 부담없이 타협하는 나 자신을 발견하고는 승혁의 삐뚤어진 행동에 마음으로부터 찬사를 보낸 적도 한두 번이 아니었다. 나는 비록 세상과 타협하고 안일만을 추구하지만, 그것을 철저히 거부하는 사람을 친구로 두었다는 자부심 같은 것이었다.

죽도에 도착하여 산등성이를 올라가면서 길 옆에 있는 가겟집에 들러 주인을 찾았으나 아무 반응이 없었다. 조금 더 올라가 승혁의 집 옆에 다다랐을 때 나는 내 눈을 의심하지 않을 수 없었다. 툇마루 앞 조그마한 마당에는 방금 누군가가 쓸어서 생긴 싸리빗자루 자국이 그대로 남아 있었고, 처마 밑으로 매어진 빨랫줄에는 남자의 내의·양말·바지가 깨끗하게 빨아져 널려 있었다. 그것을 보는 순간 그 집에 승혁이 아닌 다른 사람이 살고 있을지도 모른다는 생각이 들었다. 그러나 빨랫줄에 널린 남자 바지를 훑어본 나는 승혁이 아직도 이곳에 살고 있음을 알았다. 그것은 광목을 검푸른색으로 물들인 것으로 뒤쪽에만 큰 주머니가 달렸고, 헝겊으로 된 띠로 허리를 매는 바지였다. 빨랫줄 끝 쪽으로는 검은색의 여자용 몸뻬와 흰 블라우스가 널려 있었다. 마루 한쪽에는 승혁이 신었던 특이한 샌들이 깨끗하게 닦여 있었고, 그 옆으로는 여자의 흰 고무신이 한 켤레 놓여 있었다. 전에 보았던 마당 한쪽의 돼지우리도 말끔히 치워져 있었다.

나는 방문에다 대고 "승혁아!"라고 소리쳤다. 아무 대답이 없었다. 옆방을 보니 여전히 자물쇠가 채워져 있었다. 슬레이트 두 장을 얹어 만든 부엌을 들여다보니 부뚜막 위에 상과 흰 그릇이 깨끗이 닦여 엎어져 있었다. 집 주위를 둘러보았다. 한 군데도 흠잡을 데 없이 말끔히 청소가 되어 있었다.

뒤꼍을 거닐 때 누군가가 소리쳤다. 돌아보았더니, 가

겟집 노인이었다. 노인은 금방 나를 알아보고 손을 흔들며 다가왔다. 나는 노인의 야위고 쭈글쭈글한 손을 거머잡고 반갑게 인사를 나누었다.

"여기 승혁이 아직도 살지요?"

"그럼유."

"어디 갔나보죠?"

"이틀 전 남쪽에 있는 방조제 공사장에 갔는데 내일이라야 돌아올 거유."

노인과 나란히 툇마루에 앉은 나는 무엇부터 캐물어야 할지 몰랐다. 그런 내 심정을 알아차리기라도 한 듯 노인은 묻지도 않은 말을 신이 나서 주섬주섬 섬겨대기 시작했다.

노인이 방송국 근처로 나를 찾아와 만나고 간 지 얼마 되지 않아 승혁은 색시를 하나 데리고 왔다. 그 색시는 워낙 마음씨가 착하고 승혁을 잘 받들어 주민들에게 금실 좋기로 소문이 났다. 처음 한동안은 새벽에 둘이서 붕장어를 통발로 어획했었는데, 요즘은 그 시기가 지나 꼬막잡이를 한다. 둘이서 하니까 수입도 훨씬 나아져 운수가 틔었다. 색시는 음식 솜씨도 일품일 뿐만 아니라 워낙 부지런해서 승혁은 놀고먹어도 될 만큼 팔자가 늘어졌다. 둘이서 오순도순 사는 걸 보면 한 쌍의 원앙을

156

보는 듯하다. 승혁은 일단 죽도 앞의 축대공사가 끝나 요즘은 남쪽 공사장에서 며칠씩 일하고 온다…….

노인의 말을 들은 후에야 나는 모든 것을 이해할 수 있었다. 빨랫줄에 널린 옷가지와 마루 구석에 놓인 신발을 다시 한 번 쳐다보았다. 나는 승혁을 만난 여자의 과거와 그녀가 승혁을 만난 과정을 상상해보았다.

때묻지 않은 순진한 여자가 어부에게 시집을 왔으리라. 어부는 얼마 전 고기잡이 중 불행하게 조난을 당했을 게다. 그런 참에 서해안을 돌아다니던 승혁의 눈에 그 여자가 띄었을 게다. 승혁은 무턱대고 자기를 따르라고 했을 거고, 순박한 여자는 그런 남자의 말을 거역하는 게 두려운 데다 호탕한 남자의 매력에 끌려 모든 걸 팽개치고 따라나섰을 게다…….

나는 멋대로 상상하며 흐뭇한 기분에 젖어들었다. 이왕이면 그녀가 절세의 미녀이기를 바라면서 노인에게 여자의 외모에 대해 물었다.

"아주 참하고 훤한 인물이유."

나는 흐뭇한 마음으로 승혁의 모습을 머릿속에 그려보았다. 깨끗한 옷을 입고 단정하게 머리를 빗은 승혁이 착하고 아름다운 그녀에게 애정 어린 눈빛을 주고 있는 장면이었다.

나는 그녀를 당장 보고 싶어 있는 곳을 알려달라고 했다. 승혁의 친구로서 인사도 하고 승혁을 돌보아준 데 대해 감사를 하고 싶었다. 노인의 말로는, 그녀는 새벽에 승혁과 같이 배를 타고 나가 꼬막을 잡은 후 아침나절은 죽은 꼬막을 가려내는 작업을 하고 오후엔 꼬막을 팔러 시장에 간다고 했다. 대개 오후 5시 반경이면 돌아오지만, 오늘 새벽엔 승혁이 외지에 있어 여자가 혼자 꼬막을 잡느라 늦게 돌아올지도 모른다고 했다.

리셉션에 참석하려면 곧 이곳을 떠나야 하므로 나는 노인에게 승혁이 돌아오면 전화해달라는 말을 남긴 후 그곳을 떠났다. 시간이 없어 그녀는 만나지 못했지만 기분이 좋았다. 컴컴하고 긴 터널에 드디어 한줄기 선명한 햇빛이 비치는 느낌이었다.

죽도를 다녀온 지 사흘째 되던 날 승혁으로부터 전화가 왔다. 일찍이 들어보지 못한 쾌활한 음성이었다. 그 쾌활함은 승혁의 전매특허격인 빈정거림에 내포된 쾌활함이 아니라 행복한 사람들에게서나 느낄 수 있는 그런 것이었다. 그는 내가 죽도에 갔을 때 자기가 없어서 안 됐다는 말과 자기의 색시도 만나지 못해서 미안한다고 했다. 승혁이 그 여자를 호칭할 때 '내 색시, 내 색시'라

158

고 해서 나는 속으로 웃었다. 승혁이 먼저 '내 색시'라는 말을 꺼낸 김에 나는 기회를 놓치지 않고 모든 여자를 하찮은 존재로 취급하는 그를 비아냥거려주기로 했다.

"너, 아주 좋은 색시 얻었더구나. 신혼살림에 깨가 쏟아지겠어."

"야, 대식아, 네 말대로 신혼살림에 깨가 쏟아지는지는 모르겠다만 시간 가는 줄은 모르고 지낸다."

"하는 일은 잘되니? 네 걸작품 말이야."

나는 순박한 시골 여자에게 정신이 팔려, 그가 거창하게 벌이던 일에 태만해졌으리라 싶어 일침을 놓았다.

"이젠 자신이 생겼어. 정말 뭐가 될 것 같아."

자신에 찬 쾌활한 목소리였다. 그 목소리는 내가 죽도에서 들었던 짐승의 신음 소리와는 너무나 달랐다.

"너도 이젠 불멸의 예술가 친구를 두었다고 크게 자랑할 날이 곧 올 거다."

무엇엔가 홀린 것 같아 나는 그를 직접 만나 이야기를 듣고 싶었다.

"너, 여기 올 기회 없니? 없으면 주말에 내가 가고."

"아니야, 오지 마. 당분간 아무도 만나면 안 돼. 곧 뭔가가 나올 거야. 그때까진 누구와도 만나지 않을래. 잘 있어."

승혁은 일방적으로 전화를 끊었다. 그의 목소리에는 자신감이 넘쳐나고 있었다.

* * *

그로부터 석 달이 지났는데도 승혁한테서는 아무런 연락이 없었다.

그동안 나에게는 적잖은 변화가 일어났다. 매사에 까다롭던 나는 지난번 로스앤젤레스에서 석영을 만나고 돌아온 후로 두루뭉수리하게 사는 기교를 터득했다. "만약…… 그때 내가 석영과 여행을 떠났더라면……" "만약…… 만약 석영의 자살 기도가 성공했더라면", 이런 생각이 고개를 들 때마다 나는 그런 일이 일어나지 않은 것만으로 만족했다. 그리고 이상을 떠나 출세에 집착했다.

내가 새로이 터득한 처세술은 비교적 간단했다. 이렇게 간단한 것을 가지고 공연히 허황된 이상주의에 사로잡혔던 과거의 나 자신이 철들지 않은 소년처럼 느껴질 때가 종종 있었다.

그 처세술은 바로 누구의 말이든 나 자신이 수용할 수 있는 말만 듣고 동의를 표시하면 되는 것이었다. 실제로 그렇게 행동해보니, 나에 대해 적어도 존경심은 갖지 않더라도 좋게 이야기하는 사람들이 많아졌다.

그뿐만이 아니었다. 나는 점심시간과 저녁시간을 매우 효율적으로 이용했다. 언론 분야에 영향을 미칠 수 있는 집권층 사람들과 자주 어울렸으며, 사소한 모임이라 할지라도 가능하면 참석하여 얼굴을 내밀었다. 공식석상에서 정식으로 인사한 적도 없는 저명인사들에게, 그런 인사들이 어떤 모임에서나 눈에 띄면 반드시 찾아가서 공손히 인사치레를 하는 것도 잊지 않았다. 그러자 한 사람 두 사람 인연이 되어 영향력 있는 사람들과 가까이 지내게 되었다. 그들 중에는 수도권 주위에 주둔한 사단장들도 있었다. 그들과 몇 번 술자리를 같이하자 그들은 은근히 나에게 여자 탤런트들과의 동석을 주선해달라는 뜻을 내비쳤다. 누이 좋고 매부 좋다고, 나는 두어 차례 여자 탤런트들을 술좌석에 데리고 간 적도 있었다.

그뿐만이 아니었다. 주말에 그들과 골프를 치고 나서 골프장에서 식사를 할 때는 될 수 있는 대로 홀의 중앙에 자리를 잡았다. 그것은 나의 계산된 행동이었다. 사람들 눈에 내가 군 권력층과 깊은 관계가 있는 것처럼 보이기 위해서였다. 그러면서 나는 더욱 겸손한 태도를 취했다. 방송국 사장은 나를 다른 눈으로 보는 듯했다.

결국 좋은 자리로 발령이 나 방송국 서열로 3위까지 올랐다. 이제는 기사가 딸린 고급 세단차까지 내 전용으로 배당받았으니 주위 사람의 눈에는 내가 일단 성공한 사람으로 비쳐질 것이다.

이러한 변화는 승혁 부부, 특히 석영과의 사건이 계기가 되었지만 나름대로 계산이 없었던 것은 아니다. 막상 내 미래를 생각해보니 불안감이 몰려들기 시작했다. 만약 방송국을 떠나게 된다면 지금 이 나이에 어느 곳에서도 환영해줄 것 같지 않았다. 또한 이제 대학생이 될 딸을 몇 년 안으로 버젓한 집안에 시집보내려면 나의 사회적 위치가 확고해야 할 것 같았다. 적어도 딸에게는 그러한 아버지가 되고 싶었다. 승혁과는 정반대의 길을 걸으며 현실과 타협하면서 한세상 살기로 마음먹었다.

그사이 석영과는 한 달에 한 번 정도 서로 편지를 주고받았다. 석영은 한 달 전의 편지에 닥터 김과는 이혼에 합의하고 친구로서 남기로 했다고 알려주었다. 반길 만한 일은 아니었지만 두 사람이 하루라도 빨리 제 갈 길을 찾은 듯싶어 어쩌면 잘된 일이라 여겼다.

석영은 실내장식업을 시작했는데 꽤 잘되고 있는 듯했다. 얼마 전에는 동양 목기를 구입하기 위해 중국에까지 다녀왔다는 편지를 보내오기도 했다. 편지 내용으로 보아서는 그녀가 불행한 것 같지는 않았다.

* * *

무의미하고 반복적인 직장생활을 하던 어느 날, 지금은 칩거하고 있지만 언론계에 종사했던 언론계 선배 몇 명과 저녁 약속이 있었다. 검열을 받지 않고 몇 자 적었다고 하루아침에 실직자가 된 언론인들이었다. 오랫동안 그들에게 너무 무관심했다는 죄책감이 들어 술좌석을 마련하여 그들의 넋두리라도 들어보기로 했다. 그러나 막상 그들과 만나 언론계 전반에 걸친 그들의 가시 돋친 비난을 감수해야 하는 내 입장을 생각해보니 마음이 내키지 않았다. 그때 전화벨 소리가 요란하게 울렸다. 나는 그 전화가 어디서 특별한 사건이 터져 내가 약속을 취소할 이유가 되었으면 하고 은근히 바라면서 수화기를 들었다.

상대방은 자기의 이름 석 자를 또박또박 발음했다. 김형식이라는 이름이 좀처럼 기억이 나지 않아 어물거리자 그가 승혁의 이름을 대었다. 그때서야 그가 죽도 가겟집 노인임을 알아차렸다. 내가 아는 체하자 그는 매우 다급한 목소리로 소식을 전했다. 승혁이 오늘 낮에 죽도 승혁의 집으로 찾아온 깡패와 싸웠다는 것이었다. 승혁은 깡패의 칼에 찔려 지금 수술 중이며, 깡패는 승혁이 내리친 돌에 맞아 생명이 위태로운 상태라고 했다. 노인으로부터 승혁이 입원한 병원 이름을 알아낸 후 전화를 끊었다.

나는 대천병원에 전화를 걸었다. 승혁의 보호자라 밝히며 담당의사와 통화할 수 있었다. 승혁은 복부에 큰 상처를 입었으나 다행히 치명상이 아니라 수술받고 일주일 후면 퇴원할 정도라 했다. 그러나 상대방은 방금 숨을 거두었다는 것이다. 그 깡패는 돌로 후두부를 맞아 뇌의 대부분이 손상을 입어 병원에 옮겨졌을 때는 이미 회생 불가능 상태였다는 것이었다.

나는 가겟집 노인에게 전화를 했다. 죽도의 사건 현장을 목격했냐고 묻자, 노인은 현장에는 승혁과 승혁의 색시, 깡패 세 사람만 있었다고 했다. 색시의 소재를 물으니 그녀는 그 사건 이후 현재까지 방에만 틀어박혀 있다고 했다. 나는 노인에게 앞으로 네 시간 안에 그곳에 도착할 테니까, 그때까지 무슨 일이 있어도 그녀를 그곳에 붙잡아두라고 신신당부했다. 사고 현장을 목격한 증인을

164

확보할 목적이었다.

　네 시간 후 대천병원에 도착해 곧장 회복실로 갔다. 일단 승혁의 수술 후 상태를 확인하고 죽도로 가기로 했다. 회복실 창문을 통해 여러 환자 중에 잠들어 있는 승혁의 모습이 눈에 띄었다. 한 시간 후라야 환자가 회복실에서 나올 거라고 간호사가 알려주었다.

　회복실 문 앞에 앉았던 중년 남자가 나와 간호사의 대화를 듣고 있다가 내 앞으로 나섰다. 경찰관 신분증을 보이며 본인이 이승혁 사건의 담당형사임을 밝힌 후 나와 승혁의 관계를 물었다. 사실대로 친구 관계임을 설명한 후 한국에서는 내가 그의 보호자격이라고 분명히 못을 박았다. 일찍 홀로 된 승혁의 어머니는 몇 년 전 세상을 떠났고, 동생은 현재 일본으로 이민을 가 있는 상태였다.

　형사는 수술 전에 승혁의 진술을 근거로 조서를 꾸몄다며 내게 보여주었다. 승혁은 깡패와 다투다가 깡패의 칼에 찔렸고, 깡패는 승혁이 내리친 돌에 후두부를 맞았다고 되어 있었다. 내가 얼른 명함을 꺼내 내 신원을 밝힌 후 승혁이 얼마 전까지 미국 건축계에서도 잘 알려진 인물이라고 하자 형사는 믿을 수 없다는 표정을 지었다.

그때 간호사가 나와 승혁이 마취에서 깨어났다며 형사에게 잠시 만나볼 수 있다고 했다. 나는 형사 옆에 바짝 붙어 회복실로 들어섰다. 승혁은 먼저 나를 알아보고 침대에 누운 채 손을 들어 보였다. 그의 표정에서는 특별한 감정을 읽을 수 없었다. 그가 수술받기 전 진술한 내용을 요약하여 들려주며 형사는 사실과 다른 점이 없냐고 물었다. 승혁은 사실과 부합한다고 딱 잘라 말했다. 칼에 찔린 것과 돌로 그자의 머리를 내리친 행위 중 어느 행위가 먼저 일어났었냐고 형사가 묻자, 승혁은 '동시에 일어났다'고 말했다. 형사는 승혁의 눈을 뚫어지게 보았다. 승혁은 천장을 바라보며 더 이상 진술할 것이 없다는 태도를 보였다. 형사가 내 소매를 끌어 형사를 따라 밖으로 나왔다.

"왜 거짓말을 하는지 모르겠군요."

회복실 밖으로 나오자 형사가 나에게 말했다.

"누가요?"

"친구 분 말입니다."

"무슨 근거로 그런 말씀을……?"

"동시에 칼에 찔리고 돌로 친다는 건 불가능하고, 돌로 먼저 치고 칼에 찔릴 수도 없고, 더구나 칼에 찔린 후에 돌로 칠 수는 없지요……."

166

"그럴 수도 있지 않나요?"

"두 사람이 입은 상처로 보아 그건 불가능합니다."

형사는 자신 있게 말했다. 형사는 자기는 본부에 들어가 보고서를 제출해야 된다며 그 점에 대해서 나에게 다시 확인해보라는 부탁을 했다.

형사와 헤어진 후 나는 승혁에게로 다시 갔다. 침대 옆에 앉았다. 승혁은 내 손을 잡고 천장만 쳐다보고 있었다.

나는 내 손을 잡은 승혁의 손을 보았다. 희고 어찌 보면 곱살스러운 내 손을 송두리째 감싼, 힘줄이 불거지고 그을리고 돌에 긁혀 상처투성이인 승혁의 큰 손을 보았다. 그 손은 위압적이랄까, 남성적이랄까, 예술적이랄까…… 나는 생전 처음으로 인간의 손은 무한히 심오한 힘을 가졌다는 것을 깨달았다. 많은 조각가들이 손을 작품 대상으로 삼는 이유를 알 것 같았다. 적어도 승혁의 손은 그런 대상이 되고도 남을 듯싶었다.

그는 잡고 있던 내 손을 놓고는 손등으로 눈 가장자리를 훔쳤다. 승혁답지 않은 행동이었다. 아마 생전 처음 경험한 대수술로 마음이 약해진 탓일지는 모르지만 승혁의 눈물을 볼 수 있으리라고는 상상조차 못했었다. 세상 모든 사람이 울어야 할 일이 있다 하더라도 승혁은 마지막까지 눈물을 참을 사람이라고 항상 믿어왔다.

"얼마나 오랫동안 감옥에 있어야 될까?"

그는 자신이 살인죄로 감옥에 갈 것이라 판단하고 있었다.

"무슨 얘기야! 어디까지나 정당방위였다는 게 드러나고 있어. 공연히 너답지 않게 센치해지지 마."

"정말 감옥에 안 가게 될까?"

"어떻게든 안 가도록 해야지."

"그 소식을 내 색시에게 좀 전해줘. 지금 걱정하고 있을 거야."

"알았어. 그렇게 할게."

승혁은 색시 생각 때문인지 다시 눈시울을 붉혔다. 그런 그를 혼자 두고 떠나기가 싫었고 왠지 모르게 암울한 분위기가 우리를 억누르는 듯했다. 무슨 말이든 해 그런 분위기를 걷어내고 싶었다.

"그런데 너, 색시는 어떻게 만난 거냐?"

내가 색시 이야기를 꺼내자 승혁이 갑자기 활기를 띠었다.

"지난해 9월 중순경이었지. 나는 작품활동에 돌파구를 찾기로 결심했어. 무턱대고 영감이 떠오르기를 기다릴 수만은 없다는 결론을 내렸지. 결국 아무것도 이루지 못하고 가족만 희생시킬지도 모른다는 생각이 나를 괴롭히기 시작한 거야."

승혁은 말하기가 힘든 듯 바싹 마른 입술을 혀로 핥으며 힘들게 입을 움직여 말을 이어갔다.

"한 나흘 동안 작업실에 틀어박혀 있었던 것 같아."

나는 자물쇠가 채워진 어두운 그 방을 생각했다. 해골과 마귀할멈이 그려진 천장과 작업을 한 흰 종이가 여러 겹으로 지저분하게 붙은 벽면이 떠올랐다.

"그 후 나는 명확하게 알게 되었어. 결국 내가 하려는 일이 불가능하다는 것을. 그때까지 내가 한 모든 설계가 너무나 평범한 쓰레기였다는 것을 알았지. 미디오크러티…… 호러…… 바로 그거였어."

승혁은 표정을 일그러뜨렸다.

"나는 견딜 수 없는 괴로움을 피해보려고 힘껏 소리를 지른 것 같아……. 그리고 정신을 잃었지……. 얼마나 지났을까…… 눈을 다시 떴을 때 새로운 진실을 깨달았지. 내가 창의력이 없는 사람이라는 진실을."

나흘 동안 식음을 전폐하고 정신을 집중시킨 노력이 한계에 부닥쳤을 때의 암담함…… 그 암담함이 가져온 괴로움을 잊으려고 상처받은 짐승처럼 신음 소리를 뱉어냈을 승혁을 그려보았다. 당연히 온전한 정신상태를 유지하기란 불가능했을 것이다. 잠시 침묵하고 있던 승혁의 얼굴에 흐뭇한 미소가 어리기 시작했다.

"그때…… 바로 그때 방문 밖에 서 있는 내 색시를 보았어. 그 순간 나는 자신이 생겼어……."

승혁은 잠시 그 당시를 회상하는 듯하다가 다시 입을 열었다.

"그때부터 모든 일이 풀리기 시작했어. 안 보이던 것이 환히 보이고, 내가 설계한 도면 하나하나에서 투박한 돌덩이가 튀어나왔어. 어떤 돌덩이들은 무너져내리고, 어떤 돌덩이들은 다시 쌓이기 시작했지. 비로소 내가 그토록 오랫동안 찾아 헤맸던 기와지붕의 곡선이 뚜렷이 그 윤곽을 드러낸 거야."

승혁의 말을 나름대로 해석해보았다. 극심한 고통 후에 그에게 어떤 영감이 떠올랐을 것이다. 수일 동안 물한 모금 입에 대지 않았던 터라 오히려 정신집중에 도움이 되었을 것이다. 그 덕택에 전에는 미처 생각하지 못했던 새로운 돌파구를 마련했을지도 모른다. 그는 그것을 하늘이 준 영감으로 받아들였을 것이다. 육체가 극도로 쇠약해졌으니 정신도 혼미한 상태에 있었을 것이다. 바로 그때 그가 서해안을 돌아다니며 알았던 젊은 과부가 우연히 그를 방문했을 것이다. 그렇게 나는 내멋대로 상상해보았다.

그때 간호사가 들어와 환자가 안정을 취해야 한다고 해서 나는 승혁에게 편히 쉬라는 말을 남기고 그의 곁을 떠났다.

나는 대천에서 20분 거리에 위치한 죽도로 향했다. 유일한 현장 목격자인 승혁의 색시와 말을 맞추고, 또 승혁이 부탁한 대로 그녀를 안심시키기 위해서였다. 웅천읍 조금 못미처 바다 쪽으로 꺾어 들어가며 나는 지난번 승혁과 이곳에서 만났던 기억을 되살려보았다.

그날 저녁 승혁과 관계를 맺었던 에이즈 보균자라는 작부의 얼굴이 떠올랐다. 창백해 보일 정도로 새하얀 피부에 화장을 안 한 바싹 마른 체구의 여자, 슬픔과 고뇌의 덩어리라고밖엔 표현할 수 없던 그 표정……. 그런 여자와 아슬아슬한 곡예를 하던 승혁을 그래도 하늘이 도왔던가. 그에게 마음씨 좋은 순박한 시골 여자를 만나는 행운이 찾아오지 않았는가? 그러나 오늘 일어난 살인 사건이 그 행운을 다시 앗아갈지 모른다는 생각이 들자 안타깝기 그지없었다.

죽도에 도착하여 나는 가겟집 노인과 함께 승혁의 집으로 올라갔다. 승혁이 작업실로 쓰던 방에 불이 켜져 있었다. 방문 앞에서 노인이 조용히 그녀를 불렀다. 아무런 답이 없었다. 노인과 나는 문틈으로 방안을 들여다 보았다. 그 여자는 등을 문 쪽으로 두고 다리를 괴고 앉아 있었다. 혹시 잠이 들었나 하여 문을 두드리려는 찰나 그녀의 몸이 앉은 채로 좌우로 흔들렸다. 그리고 나직하게 흐느끼는 소리가 들렸다. 오늘 일어난 일이 착하고 순박한 여인에게는 감당하지 못할 만큼 충격적이었을 것이다.

나는 노인의 팔을 이끌어 집 뒤로 올라갔다. 승혁의 색시가 진정될 때까지 기다려볼 작정이었다. 나는 그곳에서 노인과 잠깐 이야기를 나누었다. 역시 사고현장에는 승혁과 그의 색시, 그리고 죽은 깡패 외에는 아무도 없었다고 했다. 승혁이 깡패에게 무슨 원한 살 일이라도 했느냐는 물음에, 노인은 악명 높은 깡패에 대해 이야기했다. 듣고 보니, 지난번 내가 이곳에 왔을 때 승혁과 두 번이나 다툰 적이 있는 그 깡패 왕초임에 틀림없었다. 헤게모니 쟁탈전이 승혁에게 유리하게 돌아가자, 잃어버린 영역을 되찾으려는 복수심에 불타 전과가 화려한 그자가 승혁을 찾아와 칼부림을 했을 것이다. 그 깡패는 단순히 승혁에게 겁만 주려다가 그만 자신을 죽음으로 몰고 갔을 가능성이 컸다. 어떻게 일이 잘 풀려 승혁의 행동이 정당방위로 결론이 나더라도, 불행한 이 사건이 순박한 시골 여인의 마음에서 영원히 씻길 수 있을까? 하는 의구심에 안타까움을 느꼈다.

승혁의 색시가 마음의 안정을 찾았으리라 생각되어 집으로 내려갔다. 방에는 호롱불이 그대로 켜져 있었으나 승혁의 색시는 보이지 않았다. 혹시나 하여 승혁의 집 주위를 돌며 그녀를 찾아보았다.

더 이상 찾을 곳이 없어졌을 때 그녀가 승혁이 입원해 있는 병원으로 갔으리라 추측되었다. 나는 다시 대천병원으로 향했다.

병원에 도착하니, 색시는 눈에 띄지 않았고 회복실 앞에 있던 담당형사가 나를 보자마자 할 말이 있다며 내 손을 이끌고 밖으로 나왔다.

다방에 마주 앉자마자 형사는 깡패의 두개골을 깨뜨린 자는 승혁이 아닌, 현장에 있었던 제삼자임에 틀림없다고 했다. 그리고 그 현장에는 죽은 깡패와 승혁 외에 승혁의 색시가 있었으므로 그 여자가 가해자일 수밖에 없다는 것이었다. 모든 해답은 승혁으로부터 얻어낼 수밖에 없었다.

병실에 들어섰을 때 승혁은 수술 직후와는 달리 살인

사건에 연루된 사실과 생전 처음으로 경험한 대수술의 충격에서 많이 회복된 듯했다. 나를 보자 승혁은 빙긋이 웃으며 반쯤 일어나 앉았다. 눈물을 흘리던 나약한 모습은 어느 구석에서도 찾아볼 수 없었다.

"많이 회복된 모양이구나."

"정당방위가 성립될 것 같아? 하루빨리 감옥살이를 끝내고 다시 작업을 시작해야지. 이제는 무언가 될 것 같아. 정말이지 내 천재성을 발휘할 수 있을 거야."

"그렇게 자신이 생겼니?"

"확신해. 역사에 남을 걸작품이 나오게 될 거라고."

현재 자신이 처한 상황도 모르고 자신감에 넘쳐 떠들어대는 승혁이 답답하여 한마디 했다.

"걸작품이 나오면 너는 위대한 예술가로 인정을 받게 되겠지만, 쓸데없이 뒤치다꺼리만 하는 나는 뭐니?"

"너는 천재의 친구로서 역사에 길이 남을 거야. 그리고……."

나는 더 이상 승혁의 넋두리를 듣기가 싫어서 얼른 말머리를 돌렸다.

"문제가 생겼어."

"무슨 문젠데?"

"네가 그자를 돌로 쳐서 죽일 수는 없었다는 거야."

174

"……."

무슨 말인지 이해가 되지 않는 듯 승혁의 눈길이 설명을 재촉했다.

"경찰은 돌로 쳐서 그 깡패를 죽인 자를 네가 숨기고 있다고 의심하고 있어."

그때서야 승혁은 큰소리로 웃어젖혔다. 너무나 크게 웃다가 수술한 곳이 결리는지 웃음을 그치고 두 손으로 배를 싸안았다.

"그렇지 않다면……."

"그렇지 않다면?"

승혁은 답답하다는 듯이 재촉했다.

"그렇지 않다면 네 색시가 살해한 사실을 네가 숨기고 있는지도 모르고……."

내 말이 채 끝나기도 전에 승혁의 강한 손아귀가 내 목덜미를 낚아챘다. 숨이 막히는 듯했다. 깜짝 놀라 눈을 떴을 때 내 눈은 무섭게 부릅뜬 승혁의 두 눈 바로 앞에 있었다. 그리고 그의 고성이 내 청각을 뒤흔들어놓았다.

"너, 똑똑히 들어. 내 색시는 이 사건과 아무 관련이 없어. 그 여자는 내버려둬. 이 사건과는 아무 관계가 없단 말이야."

나는 숨이 막힐 듯한 상태에서 두 눈을 부릅뜬 승혁의

울부짖음을 들었다. 순간, 견딜 수 없는 배신감을 느꼈다. 나는 승혁의 손을 뿌리치고 병실 문을 발로 걷어차며 나왔다.

승혁은 절뚝거리며 나를 따라 나왔다. 그는 울먹이며 소리쳤다.

"내 색시는 아니야. 정말 내 색시는 관계가 없단 말이야……."

그때 '쿵' 하는 둔탁한 소리가 들렸다. 반사적으로 돌아보니 승혁이 복도에 쓰러져 있었다. 그런 그를 본 순간 승혁이 한없이 불쌍히 여겨져 사고 현장에 색시가 아닌 제삼자가 있었기를 마음속으로 간절히 바랐다.

* * *

일단 사건에 대한 승혁의 반응을 형사에게 사실대로 전하기 위해 대천 경찰서로 갔다. 형사계에 들어서자마자 그곳 형사가 놀라운 사실을 알려주었다. 어떤 여자가, 자신이 그 깡패를 돌로 쳐죽였다고 자수를 했다는 것이다. 깡패가 승혁의 배를 찌르고 난 다음 그 여자가 뒤에서 돌로 깡패의 뒤통수를 내리쳤다고 진술했다는 것이었다. 그 여자가 심문실에 있다는 말을 듣고, 그 여자가 승혁의 색시라는 것을 확인하기 위해서 나는 급히 그곳으로 갔다. 심문실 문을 열어보니 안은 텅 비어 있었다. 형사계로 돌아와 다시 알아보니까, 승혁과 대질심문을 하기 위해 담당형사가 그 여자를 병원으로 데리고 갔다고 했다. 나는 급히 병원으로 달려갔다.

병원에 도착하여 승혁의 병실을 들어서던 나는 한쪽 벽에 기대어 앉아 있는 담당형사와 눈이 마주쳤다. 승혁은 눈을 감은 채 침대 위에 누워 있었다. 상상 외의 분위기에 어리둥절한 나를 보고 담당형사가 눈으로 한쪽 구석을 가리켰다. 그곳에는, 어떤 여자가 승혁의 발치에서 벽을 향해 앉아 고개를 숙이고 있었다. 나는 그 여자가 승혁의 색시라는 것을 직감했다. 벌써 승혁과의 대질심문은 끝이 난 모양이었다.

그런데 그녀는 그곳에서 도대체 무엇을 하고 있는 것인가? 눈이 휘둥그레진 나에게 담당형사는 황당하다는 표정으로 다시 그녀가 있는 곳을 눈짓했다. 나는 그쪽으로 시선을 보냈다. 그녀는 승혁의 발을 두 손으로 잡은 채 입술을 승혁의 발에 갖다대고 있었다. 뼈밖에 없는 승혁의 긴 발이 눈에 띄었다. 발톱은 오랫동안 깎지 않아 소름이 끼칠 정도로 길었고, 발에는 때가 꾀죄죄하게 끼어 있었다. 그녀는 여전히 그의 두 발을 감싼 채 입맞춤을 하고 있었다. 그녀의 어깨가 가늘게 떨렸다. 소리 없는 울음이 새어나왔다. 그녀의 눈물이 떨어져 승혁의 때묻은 발을 적셨다. 그녀는 승혁의 발을 더욱 힘주어 두 손으로 잡고 거기에 그녀의 입술을 비벼댔다. 마치 혀와 입술로 승혁의 발을 깨끗이 닦고 있는 듯이 보였다. 현실로 받아들일 수 없는 광경이었다.

나는 얼른 시선을 다른 곳으로 돌렸다. 눈을 감은 승혁의 얼굴이 보였다. 승혁은 어떠한 감정 표현도 하지 않은 채 그녀가 하는 행위를 내버려두고 있었다.

나는 얼른 방을 나와 복도 벽에 기대었다. 간호사가 주사기가 놓인 카트를 밀고 가다 내게 몸이 불편하냐고 물었다. 내가 아무 말도 하지 않자 간호사는 병실 문을 열고 들어가려 했다. 나는 왠지 그 광경을 간호사에게 보이고 싶지 않아 얼른 따라 들어가 간호사의 앞을 막아섰다. 간호사는 방에 여자가 있는 것을 보고 면회시간이 아닐뿐더러 환자에게 주사를 놓아야 하니 모두 방에서 나가 달라고 했다. 담당형사가 아무 말 없이 먼저 나가자 간호사는 막아서는 나를 피해 침대 발치 쪽에 있는 여자를 보았다. 간호사는 오만상을 찌푸리며 여자의 등에 대고 빨리 나가라고 다시 말했다. 승혁의 색시는 아무 말도 들리지 않는다는 듯이 하던 동작을 계속했다. 다음 순간 간호사는 누가 말릴 사이도 없이 여자의 어깨를 잡았다.

그때 나는 간호사를 향하여 휙 돌린 색시의 얼굴을 보았다. 새하얀 얼굴에 움푹 들어간 눈이 무서운 독기를 품고 있었다. 나는 아찔한 현기증으로 쓰러질 뻔했다. 그 여자는 언젠가 본 적이 있는 에이즈 보균자라는 술집 작부, 바로 그 미자가 아닌가!

나는 그 자리에서 얼른 벗어나고 싶었다. 등을 돌려 병실 문을 열려는 순간 간호사가 다시 여자의 팔을 낚아채며 "어서 나가란 말이에요!"라고 소리쳤다. 간호사의 말이 채 끝나기도 전에 누워 있던 승혁이 벌떡 일어나 옆에 있던 물병을 들어 침대에서 한발 내려서며 간호사의 머리를 향해 힘껏 던졌다. 다행히 물병은 간호사를 빗나가 바닥에 떨어져 산산조각이 났다. 물병이 바닥에 떨어져 깨지는 소리에 담당형사가 뛰어들어왔다. 형사가 승혁을 붙잡지 않았더라면 간호사는 승혁에게 봉변을 당했을 것이다.

링거 주삿바늘도 빼버린 승혁이 침대 옆 바닥에 주저앉아 고통을 참느라고 이를 악물고 있을 때, 담당형사는 미자를 밖으로 끌어내 어디론가 데리고 갔다. 간호사는 혼비백산하여 도망갔고, 나는 멍하니 넋을 놓고 그 자리에 서 있었다. 병실에는 승혁과 나만 남았다. 나는 바닥에 한쪽 무릎을 꿇고 배를 끌어안은 채 고통을 참으려고 애쓰는 그를 멍하니 보고 있었다. 수술한 곳이 다시 터지나 않을까 걱정이 되었다. 얼마 후 고통이 좀 가라앉은 것 같아, 나는 승혁을 부축하여 침대에 눕혔다.

나는 병실을 나와 승혁의 담당의사를 찾았다. 간호사가 과장하여 보고했을 경우 강제 퇴원이라도 당할까 봐겁이 났다.

담당의사는 얼굴이 벌겋게 달아 있었다. 벌써 간호사가 보고를 한 모양이었다.

"선생님, 이해해주십시오. 환자가 수술 후 몸이 쇠약해져 제정신이 아닌 모양입니다. 제가 옆에 붙어 있을 테니 다시는 그런 일이 없을 겁니다."

나는 애원하다시피 했다.

"그런 환자는 이곳에 입원할 수 없어요."

무슨 일이 있어도 퇴원시킬 수는 없었다. 나는 단단히 마음먹고 의사에게 대들었다.

"무슨 말을 그렇게 하시죠? 당신이 이 병원을 소유한 것도 아니고 의사면 의사로서의 윤리를 지켜야 하는 거 아니에요? 수술한 환자를 어떻게 내보낸단 말입니까!"

의사는 조금도 꺾이는 기색이 없이 맞받았다.

"사정을 알고나 말하세요."

"무슨 사정 말이요?"

"그 환자는 에이즈 보균자예요. 빨리 도립병원으로 옮겨야 한단 말입니다. 벌써 도청 담당관에게 보고해놓았어요."

순간, 나는 주위의 모든 것이 더할 수 없이 추악하게 보였다. 단 1초라도 그곳에 머물고 싶지 않았다.

나는 승혁의 병실을 향해 뛰어가다 복도에 승혁이 쓰러져 있는 것을 보았다. 내가 급히 다가가 일으키자 승혁은 나를 알아보고 미자가 있는 곳으로 데려다달라고 흐느끼며 애원했다. 승혁을 꼭 껴안아주었다. 승혁은 어린아이처럼 흐느끼며 내 가슴에 얼굴을 파묻었다.

나는 승혁을 침대로 데리고 가서 다시 눕혔다. 내 뒤를 따라온 의사가 그런 광경을 저만치서 지켜보다가 곧 모습을 감추었다. 잠시 후 의사가 조금 전과 다른 간호사와 함께 나타났다. 간호사는 손에 주사기를 들고 있었다. 진정제라고 했다.

주사를 맞은 승혁은 곧 고른 숨소리를 내며 깊은 잠에 빠졌다. 나는 아무도 들어오지 못하게 문을 안에서 잠그고, 자고 있는 승혁의 침대 옆 의자에 앉았다.

잠든 승혁의 얼굴은 너무나 평온했다. 승혁이 그런 상

태에서 영원히 깨어나지 않았으면 하는 마음이 한구석에 자리 잡고 있었다.

아니다. 이렇게 끝날 수는 없다. 승혁이 품었던 꿈이 가치 있는 결과를 불러와야 한다. 그렇다. 승혁은 멋지게 인생을 끝마치는 행운아가 돼야 한다. 승혁은 우리 모두를 철저하게 조롱해야 한다. 우리 속에 갇혀 던져주는 음식 찌꺼기를 배불리 먹고 사는 돼지를 비웃듯이, 새장 속에 갇힌 새들을 조롱하듯이 우리 모두를 조롱해야 한다. 그는 깊은 산속을 거침없이 뛰어다니며 먹이를 찾는 산돼지가 되어, 파란 창공을 나는 한 마리의 야생조가 되어 돼지우리나 새장에 갇힌 우리들을 불쌍한 눈으로 바라보아야 한다.

인간의 본능은 자유를 갈구한다. 그는 그 사실을 인정하고 자유를 찾아나섰다. 그 자유란 가족으로부터의 해방, 경제적인 부와 사회가 인정하는 명예에 대한 집착으로부터의 해방이다. 그는 이러한 모든 멍에로부터 해방되는 수단으로 예술을 추구했다. 얼마나 행운아인가!

나는 그의 잠든 얼굴을 다시 한 번 쳐다보았다. 그가 전에 나에게 했던 이야기와 오늘 보여준 미자라는 여자에 대한 강한 집착을 근거로, 나는 승혁과 그녀의 관계가 어떻게 이루어졌을까 상상해보았다.

182

승혁은 어느 시기부터인가 자신의 꿈을 실현하는 데 필요한 능력에 대해 심각한 회의에 빠지기 시작했을 게다. 그의 회의는 견디기 어려운 고통으로 바뀌어진다. 자신이 가족의 행복을 무참히 밟아버렸다는 죄책감이 그를 떠나지 않았기 때문이었을 게다. 고통의 나날 끝에 그의 인내도 한계에 달해 정신적으로나 육체적으로 극도로 지쳤을 게다. 그리하여 드디어 어느 날 혼수상태에 빠지게 된다. 사람은 그런 상태에서 두뇌가 명석해지는 경우가 있다. 시간적인 여유가 자신의 창의력 발휘에 오히려 장애가 된다는 사실을 깨닫게 되었을 게다. 이제 와서 포기할 수는 없다. 이제 와서 포기란 가족의 희생을 무의미하게 만들기 때문이다. 그렇게 벼랑 끝에 몰린 그는 자신을 시한부 인생으로 만들기를 결심한다.

바로 그때 술집 작부인 미자가 며칠 동안 술집에 오지 않는 승혁의 안부가 궁금하여 그를 찾아온다. 그녀를 보자 자신의 삶을 시한부 인생으로 만드는 좋은 방법이 떠오른다. 에이즈 보균자인 그녀로부터 에이즈균을 전염받는 방법이다. 승혁은 그녀와 성행위를 한다. 확실하게 에이즈균이 그의 몸에 감염되도록.

그다음 내 상상력은 장벽에 부딪쳤다. 에이즈균을 옮긴 술집 작부의 마음을 상상할 수 없다. 자기가 에이즈 보균자인 줄 알면서 승혁이 성행위를 요구했을 때 그녀의 마음이 어땠을까? 정열적인 성행위를 한 다음 승혁에 대한 그녀의 심경은 어땠을까? 둘의 내부에서 피가 돌면서 그들의 육체가 썩어가고 있다는 것을 느끼면서 그들은 서로에게 어떤 감정을 가졌을까? 서로의 살갗을 맞대며 사랑행위를 할 때 어떤 감정이었을까? 그들 둘만의 세상을 살고 있다고 느꼈을까? 세상의 누구도 이해할 수 없는 그들 둘만의 희열과 고뇌를 동시에 맛보지나 않았을까?

창문으로 은은한 달빛이 새어들어왔다. 그토록 처량하게 보이는 달은 처음이었다. 문득 그 여자의 헌신적인 사랑이 승혁으로부터 창의력을 끌어냈을지도 모른다는 생각이 떠올랐다.

승혁은 창의력을 타고난 극소수의 사람 중의 하나로 그의 내부에 잠재하고 있는 창의력을 끌어내기 위해서는 여자의 헌신적인 사랑이 필요했으리라. 우리가 흔히 말하는 절대적인 사랑 말이다. 그러한 사랑을 승혁은 술집 작부에게서 찾았을지도 모른다. 자기의 몸속에서 꿈틀거리는 에이즈균을 두려워하지 않는 남자에게라면 그런 사랑을 줄 수 있지 않을까?

승혁이 몸을 꿈틀거리다 게슴츠레 눈을 떴다. 승혁은

상체를 힘겹게 일으켜 세우더니 내게 벽에 걸린 자신의 옷을 달라고 했다.

"내 색시를 그렇게 취급하는 개자식들하고는 같은 지붕 밑에 잠시라도 있을 수 없어."

나는 적개심으로 이글거리는 그의 시선을 마주했다.

"정 그렇다면 내일 퇴원하기로 하자. 오늘은 너무 늦었어."

"여기 있다가는 오늘밤 그 간호사를 내 손으로 죽일 것 같아."

그의 태도로 보아 설득이 통할 것 같지 않았다. 내일 아침 다시 입원하는 경우가 있더라도 승혁의 말을 따르는 수밖에 없었다. 나는 그를 병실에 둔 채 원무과에 가서 퇴원 수속을 밟았다. 내일 다시 입원시키겠다고 약속하고, 앰뷸런스로 죽도까지 우리를 데려다달라고 했다.

"이봐요, 곧장 대천경찰서로 갑시다!"

앰뷸런스에 오르자마자 승혁은 대뜸 운전기사를 향해 소리쳤다.

"왜 그래?"

"미자를 만나야겠어."

승혁의 의지가 너무 강해 받아들일 수밖에 없었다. 나

는 앰뷸런스 기사에게 경찰서로 가자고 했다.

경찰서에 도착하여 나는 승혁을 부축해서 임시보호실로 갔다. 보호실은 한쪽 벽이 철창으로 되어 있어 속이 훤하게 들여다보였다. 열 평 남짓한 보호실 바닥에서 서너 사람이 쭈그린 채 자고 있었다. 우리를 보고 짜증스러운 표정을 짓는 형사에게 내 신분을 밝히자 그의 태도가 조금 누그러졌다. 보호실 가운데쯤에 벽을 향해 우리를 등지고 앉아 있는 그녀가 눈에 띄었다. 나는 당직 형사에게 내일 아침 해장이나 하라며 돈을 쥐여주었다. 그리고 보호실에서 그녀와 잠시 이야기를 나누고 싶다고 했다.

나는 형사의 승낙을 받고 승혁을 부축하여 그녀 쪽으로 갔다. 승혁은 그녀의 등을 살그머니 흔들었다. 깜짝 놀라 돌아본 그녀의 얼굴에는 표현할 수 없는 기쁨이 넘쳐흘렀다. 승혁도 그녀에게 미소를 지어 보였다. 승혁의 그런 인자한 미소를 나는 처음 보았다. 그들끼리 이야기할 기회를 주려고 나는 슬그머니 밖으로 나왔다. 그들의 뒷모습을 보호실 밖에서 철창을 통해 유심히 살펴보았다.

승혁이 그녀 앞에서 꿇어앉아 그녀의 얼굴을 두 손으로 감쌌다. 그녀에게 무슨 말인지 하고는 천천히 일어났다. 서 있는 승혁의 두 다리를 껴안으며 그녀는 다리 사

186

이에 고개를 파묻었다. 그녀는 승혁을 보지 않은 채 울먹이며 뭐라고 말하는 것 같았다. 승혁은 그녀의 떨리는 어깨 위에 손을 얹은 채 벽을 향하고 있었다. 얼마 후 그녀는 얼른 일어나 돌아서는 승혁의 손을 잡았다. 그리고 손등에 입술을 댔다. 그들의 모습은 노예에게 자유를 허락하는 주인과 감사함을 표시하는 노예를 연상케 했다. 승혁이 그녀에게 무슨 말을 하였을까? 그녀는 왜 승혁에게 그런 행동을 취했을까?

승혁과 나는 죽도로 돌아와 그의 집에서 잠자리에 들었다. 잠자리래야 옷을 입은 채로 맨방바닥에 누워 이불을 덮은 것이 고작이었다. 그는 반듯이 천장만 응시한 채 아무 말도 하지 않았다. 어떤 말을 걸더라도 도움이 되지 않을 것 같아 나도 침묵을 지켰다.

승혁은 나에게 등을 돌리고 벽 쪽을 향해 누웠다. 한참 후 승혁이 나직이 말문을 열었다.

"내 색시에게 하루하루 이루어낸 작업 성과를 보여주고 싶다는 마음 때문에 좌절의 벽을 허문 것 같아. …… 내 색시는 나를 천재로 알고 있어. 내가 실제로 천재는 아니더라도 내 색시를 위해 뭔가 만들어보고 싶었어……. 보여주고 싶은 상대를 찾은 거야."

잠시 침묵이 흐른 후 그는 다시 말을 이었다.

"나는 내 색시가 잠시만 곁에 없어도 불안해졌어. 그리고 그런 사실을 그녀가 눈치 못 채도록 하는 데 급급했지. 그녀가 내게서 도망칠 것 같아서 말이야."

그러고는 입을 다물었다. 석영이 지금 승혁의 모습을 본다면 무슨 말을 할까? 승혁과 석영을 파멸로 이끈 것이 대체 무엇이란 말인가? 이 모든 것에 대한 책임을 승혁의 엉뚱한 사고방식으로 돌릴 수는 없는 일이다. 아니, 그의 사고방식 자체가 엉뚱한 것이었는지, 그것조차 모르겠다. 새장에 갇힌 새가 푸른 창공을 날고 싶어한다고 그것을 어떻게 탓할 수 있겠는가?

"그 여자는 어떻게 해서 에이즈에 걸렸지?"

내가 눈을 감은 채 중얼거렸다.

"남편이 수술을 받다가 수혈을 잘못해 그렇게 되었다나 봐. 내 색시는 남편에게 변함없는 사랑을 표현하기 위해 남편의 병을 자신에게로 옮겼고…… 그것이 변함없는 사랑을 표현할 수 있는 방법이라서 오히려 행복했다고 하더군. 내 색시는 참으로 속이 깊은 여자야."

승혁의 말이 어둠 속을 뚫고 들려왔다. 그때서야 어슴푸레하게나마 승혁과 미자라는 여자 사이에 일어났던 일의 윤곽을 잡을 수 있었다. 승혁은 그 여자가 남편에게 했듯이 그 여자의 병균을 자신의 육체에 옮김으로써 절대적인 사랑을 표현한 것이다. 그래서 한 여자의 완벽한 사랑을 얻었다. 그리고 완벽한 사랑의 힘이 창의력의 한 계를 무너뜨렸다. 아! 사랑의 힘이란! 아! 사랑의 무서움 이란!

곧이어 승혁의 고른 숨소리가 들려왔다. 매서운 겨울 바닷바람이 창호지를 흔들어놓으며 문밖을 스쳐갔다. 내 일은 어떤 일이 있더라도 승혁을 설득하여 서울로 데리 고 가야겠다고 결심했다. 승혁의 고른 숨소리를 듣다가 나도 어느새 잠에 빠졌다.

* * *

얼마나 지났을까? 도둑고양이가 목을 찢으며 발악하 는 듯한 소리가 밖에서 들렸다. 눈을 떠보니 아직 한밤 중이었다. 매캐한 냄새가 온 방안을 가득 채웠다. 한참 만에야 무엇이 타는 연기가 방안에 스며드는 냄새라는 것을 알았다. 옆에서 잠들어 있을 승혁을 빨리 깨워 데 리고 나가려고 이리저리 더듬어보았다. 그런데 손에 잡 히는 것은 이불뿐이었다. 나는 얼른 밖으로 나와 냄새의 진원을 찾았다.

불꽃이 갑자기 주위를 대낮같이 밝히며 작업실에서 솟아올랐다. 작업실 문을 열자 뜨거운 열기가 연기와 함께 나를 향해 덮쳤다. 나는 얼굴을 가리며 얼른 뒤로 물러섰다. 그 순간 열린 문으로 활활 타는 불덩이가 내 옆을 스치며 그곳을 빠져나왔다. 그 움직이는 불꽃은 산등성이를 훑어내려갔다. 잠시 어리둥절했던 나는 곧 그 뛰어가는 불덩어리 뒤를 쫓아갔다. 그 달리는 불덩어리가 제발 승혁이 아니기만을 바랐다. 불덩어리가 제방 쪽으로 뒤뚱거리며 뛰어갔다. 불덩어리가 내뿜는 불이 방파제의 윤곽을 드러내주었다.

불덩어리는 제방과 섬을 잇는 곳에서 잠시 머뭇거리더니 두 팔로 어둠을 헤치듯 왼쪽 제방 위를 힘들게 뛰어갔다. 내가 5미터 정도 뒤까지 쫓아갔을 때 불덩어리는 갑자기 바다에 뛰어들었다. 환하던 주위가 삽시간에 암흑으로 변해버렸다. 나는 불덩어리가 뛰어들어간 바다로 무작정 따라 뛰어들었다.

나는 바닷속에서 그 불덩어리를 찾았다. 숨이 찼다. 잠시 수면 위로 올라와 공기를 깊이 들이마신 후 다시 바다 밑으로 잠수했다. 그러기를 되풀이하다가 마지막으로 수면 위로 올라와 주위를 살폈다.

수면 저편에서 불꽃을 비추며 무언가 떠 있었다. 오른

편에도 그런 장면이 보였다. 이곳저곳에서 불꽃이 주위에 번지며 수면 위로 튀어올랐다. 불꽃들은 너털웃음을 웃고 있었다. 그들 모두가 승혁의 얼굴을 하고 있었다. 너털웃음을 웃는 수많은 승혁의 모습을 본 나는 마음이 평안해지며 바다 밑으로 끌려들어갔다. 그 순간 숨이 차서 바닷물을 한 모금 마셨다. 그리고 정신이 혼미해졌다.

승혁이 그토록 갈구하던 자유를 비로소 찾았다는 사실을 그의 옆에서 함께 지켜보면서 우리에 갇힌 모든 돼지들을 마음껏 비웃어주리라. 나는 벌써 자유를 찾은 인간이 되고 있었다. 적어도 자유를 찾는 길을 가고 있었다.

내가 다시 수면으로 떠올랐을 때는 누군가가 내 목덜미를 잡고 있었다. 그가 뒤따라 뛰어들어 바다 깊숙이 끌려들어가는 나를 구했으리라고 상상했다. 나는 그에게 끌려 바위 위에 올려졌고, 누군가가 내 등을 눌렀다. 몸속의 오장육부가 입 밖으로 튀어나오는 것만 같았다. 정신을 잃기 전 나는 마지막으로 밤하늘에 걸린 달을 보았다. 둥근 달이 그렇게 처량하게 보이리라고는 예전엔 미처 상상해본 적이 없었다.

정신이 돌아와 눈을 떴을 때 나는 제방 위에 누워 있었다. 여러 사람들이 나를 둘러싸고 웅성대고 있었다.

섬 쪽을 보니 승혁의 집이 온통 불꽃에 싸여 주위를 대낮같이 밝혀주고 있었다. 주위에 서 있던 사람들이 주고받는 소리가 내 귀에 들렸다.

"오늘 영감 시체를 찾기는 글렀어유."

"그러게 말유. 내일 머구리들을 시켜서 찾을 수밖에 없겠어유."

나는 벌떡 일어나 다짜고짜 한 사람의 멱살을 쥐어잡았다. 그리고 그의 얼굴에 대고 있는 힘을 다해 소리쳤다.

"미친 소리 마. 영감은 죽지 않았어. 어디에선가 예쁜 여자를 옆에 끼고 멋지게 살고 있을 거야. 세상사에 얽매인 모든 사람을 비웃으면서 말이야."

그대 영혼의 날개를 묻다

구름이 수평선에 닿을 듯 낮게 드리워진 우중충한 날
씨였다. 곧 눈발이라도 뿌릴 것만 같았다. 승혁의 시신
이 담긴 관이 방조제 위로 옮겨지고 있었다. 대패질도
제대로 안 된 널빤지를 대못으로 끼워맞춘 관은 승혁과
제방 쌓는 일을 같이한 노무자들인 열 사람의 상여꾼에
들려 북을 메고 슬픈 가락을 뽑아대는 선창자를 따라가
고 있었다. 나는 관 바로 뒤를 따라갔다. 승혁과 가까웠
던 사람들—석영, 정해, 미자의 모습은 보이지 않았다

제방을 거치지 않고 장지로 갈 수도 있었으나 승혁이
그곳을 마지막으로 보고 싶어할 것이라 믿어 제방 위로

가자고 내가 주장했다. 내 뒤로 가겟집 노인을 비롯하여 죽도 주민들이 묵묵히 한발 한발 옮겨놓고 있었다. 그 주위로 동네 아이들이 재잘거리며 개들과 앞서거니 뒤서거니 하면서 부산을 떨었다. 만장깃발도 없는 초라한 장례 행렬이었다. 더구나 국보 제1호인 남대문을 세계적 규모의 예술품으로 재창조한다던, 아니 이미 재창조했을지도 모를 사람의 장례치고는 너무나 볼품없었다. 일자리를 찾아 가난한 어촌으로 굴러들어와서 객사한, 후손도 없는 노무자의 장례 행렬도 이보다는 나을 성싶었다.

승혁의 시신은 그가 바다에 몸을 던진 다음날 아침에야 찾았다. 가겟집 노인과 상의하여 3일장을 치르기로 하고 시신을 거두었다. 나는 우선 승혁의 죽음을 누구에게 알려야 할지 따져보았다. 일본으로 이민 간 승혁의 동생은 연락처를 알지 못했다. 그 다음 석영과 딸 정해가 떠올랐다. 적어도 석영에게는 알려야 할 것 같았다. 그래서 석영에게 승혁이 죽었다는 사실과 발인 시간 및 장지를 알리는 전보를 쳤다. 직접 전화할 수도 있었으나 전보를 친 까닭은, 석영이 장례에 참석한다는 보장이 없었으므로 그녀가 나에게 참석하지 않는 이유를 구차하게 전화로 변명해야 하는 거추장스러움을 피하기 위해서였다. 승혁의 딸인 정해에게 알리는 일은 석영의 판단에 맡기기로 했다.

그런데도 불구하고 막상 쓸쓸한 그의 장례를 치르다 보니 승혁에게 미안한 생각도 들고, 또 석영에게 섭섭한 마음마저 들었다. 선창자가 먼저 소리를 하고 다른 사람이 따라 하는 만가가 더욱 구슬프게 들려왔다.

준령태산 땅덩이가 평지되면 오실래유
망망대해 한바다가 육지되면 오실래유
어농어허농어나리농차어허농……
영웅인들 늙지 않고 호걸인들 죽잖을까
영웅인들 자랑 말고 호걸인들 말도 마소
어농어허농어나리농차어허농……

제방을 때리는 파도 소리를 뚫고 들려오는 만가를 들으며 나는 마음속으로 승혁을 만가 속의 영웅과 호걸에 일치시키고 있었다. 적어도 나에게 그 영웅과 호걸은 결코 죽지 않으리라. 승혁의 영혼은 다른 누군가의 육체에 옮겨져 언제나 나의 눈에 비쳐질 게다. 언제일까……. 내가 안일한 일상에 빠져 인생의 고뇌를 잊고 있을 때겠지. 어떤 사람의 육체일까……. 내가 멸시하는 하찮은 인간일 게다. 왜냐하면 승혁은 바로 내가 그 인간보다도 못한 존재라는 것을 깨닫게 하고 싶을 테니까.

조촐한 장례 행렬은 제방을 지나 산으로 향하는 오솔길로 접어들었다. 나는 진심으로 승혁의 탈출이 성공하기를 빌었는가? 나는 다시 자신에게 질문을 던졌다. 그가 목표한 대로 국보 1호인 현재의 남대문보다 훌륭한 예술품을 재창조할 수 있기를 바랐는가? 그래서 모든 사람이 상상만 했던 일을 그가 정말 실행으로 옮겨 성공하기를 바랐는가? 답은 너무나 뻔하다. 그가 실패하기를 원했던 것이다. 그것도 잔인하게 실패하기를 원했다. 한 줌의 미련이나 의문이 없도록, 세상의 모든 사람이 조소를 보낼 만큼 철저한 실패이기를 바랐다. 왜 그랬을까? 그래야지만 그런 용기가 없었던 나 같은 인간이 큰소리치며 떳떳이 살아갈 수 있기에……

승혁은 마당에 돼지 두 마리를 키우면서 이렇게 말하지 않았던가! 나는 아침마다 평범하게 일상생활을 하는 사람들을 지켜보고 있다고……. 그렇지, 승혁이 돼지를 보듯이, 나 자신도 내 생활에 회의를 느낄 적마다 승혁이 실패하는 과정을 간절히 보고 싶어했었구나.

그렇다면 승혁이 사라진 지금 내 가슴속에 느끼는 이 슬픔의 정체는 무엇인가? 승혁을 다시 볼 수 없기 때문에? 그렇지 않으면 친구를 잃어버렸기 때문에? 아니지,

솔직해야지. 승혁의 실패를 다시는 볼 수 없기 때문인 거야.

장례 행렬이 조금 가파른 곳을 올라가기 시작하자 맨 앞에서 운구하던 상여꾼 한 사람이 비틀거리며 무릎을 꿇는 바람에 관이 기울며 땅에 떨어질 뻔했다. 나는 얼른 뛰어가 그가 쥐고 있는 손잡이를 잡았다. 나는 그들과 함께 승혁의 관을 메고 가파른 산길을 한발 한발 옮겨놓기 시작했다. 지상에서의 승혁의 무게가 나의 근육에 전해졌다.

* * *

승혁이 정성을 쏟은 제방을 볼 수 있는 자리에 위치한 묘소에 도착하여 관을 내려놓은 후 나는 직사각형으로 파인 구덩이를 자세히 살폈다. 승혁의 큰 몸집에 비해 너무나 비좁아 보였다.

나는 인부들에게 좀 더 깊고 넓게 파라고 일렀다. 그들이 투덜거리며 다시 작업을 하는 동안 나는 열 걸음쯤 떨어진 곳에서 타고 있는 모닥불 쪽으로 갔다. 누군가가 소주병을 따 나에게 병째로 건네주었다. 나는 꿀꺽꿀

꺽 서슴없이 들이켰다. 마침 목이 타던 참이라 '캬' 소리
가 저절로 나왔다. 오징어다리를 찢어 질겅질겅 씹으며
승혁의 관으로 시선을 보냈다. 어때, 이 정도면 너와 비
슷하지 않아? 나는 마음속으로 이렇게 승혁에게 묻고 있
었다. 빈정거리는 듯한 그의 표정이 눈앞에 그려져 나는
다시 소주를 병째로 들이켰고, 오징어다리를 더욱 소리
나게 씹어댔다.

연거푸 들이켠 소주와 모닥불의 열기가 그곳에 모인
상여꾼들의 기분을 느긋하게 한 모양이었다. 그들 중 누
군가가 승혁의 호탕한 성격을 장황하게 떠들어댔고, 또
다른 사람이 그에 질세라 맞장구를 쳤다. 나는 흐뭇한
기분으로 귀를 기울이고 있었다. 지척간에 있는 승혁도
매우 기뻐하리라 믿었다.

한 노무자가 나에게 다가와 작업이 다 끝났다고 알려
주었다. 나는 웅숭깊게 파인 구덩이 쪽으로 가서 그 깊
이를 확인하고는 고개를 끄덕였다. 곧이어 관을 싼 광목
끈을 늦추면서 하관이 시작되었다.

하관이 끝나자 나는 삽을 들어 흙을 펐다. 관 위로 흙
을 덮으려고 삽을 쳐들다가 멈칫했다. 구덩이 주위에 있
던 사람들의 시선이 한 곳으로 쏠리는 것이 아닌가! 뜻
밖에도 석영이 산등성이로 막 올라서고 있었다. 나와 그

녀의 눈길이 잠시 마주쳤다. 나는 삽을 그 자리에 놓고 석영이 서 있는 곳으로 갔다. 스카프를 쓰고 회색 바바리코트 깃을 올려세운 석영의 백짓장처럼 새하얀 얼굴은 지난번 로스앤젤레스의 아파트에서 마지막으로 본 모습 그대로였다. 놀라우리만치 무표정한 그녀는 누가 보더라도 사랑하는, 혹은 사랑했던 사람에게 마지막으로 작별 인사를 하러 온 여자 같지가 않았다.

나와 그녀는 서로 한 손을 마주잡았다. 그리고 그녀는 미소로써 인사를 하고, 다른 한 손으로 머리에 쓴 스카프를 벗었다. 그녀의 머리카락이 어느새 어깨까지 덮일 만큼 자라 있었다. 그녀의 윤기나는 부드러운 긴 머리를 대하는 순간 나는 오래도록 내가 무엇을 그리워했는지 깨달았다. 석영의 부드러운, 긴 머리카락이었다. 나는 출렁이는 내 마음을 어쩔 수 없었다. 아! 언제나 나는 석영이 드리우는 그림자에서 벗어날 수 있을까!

"언제 왔어요?"

흔들리는 내 마음을 보이지 않으려고 애쓰며 물었다.

"오늘 아침에 공항에 도착하자마자 바로 차를 대절해서 내려오는 길이에요."

"전보를 치긴 했지만, 이렇게 와주리라고는……."

"전보받자마자 오는 거예요."

당연히 자기가 와야 할 자리임을 못 박기라도 하려는 듯 그녀는 짧고 빠르게 대답했다.

"찾는 데 힘들지 않았어요?"

"아니에요. 택시 기사가 힘들이지 않고 찾았어요."

"피로할 텐데……."

"괜찮아요. 비행기에서 푹 잤어요."

석영은 내 어깨 너머로 시선을 보냈다.

"지금 막 하관을 했어요."

"그래요……."

　나는 그녀를 하관이 된 구덩이 쪽으로 인도했다. 석영은 관을 담담한 표정으로 내려다보았다. 나는 삽을 들어 석영에게 손잡이를 내밀었다. 석영은 삽을 받아들더니 시선을 내게 보냈다. 나는 턱짓으로 승혁의 관을 가리켰다.

　석영은 잠시 머뭇거리더니 코트 주머니에서 조그마한 손지갑을 꺼내어 그 속에서 무언가를 찾았다. 석영은 반으로 접은 종이 네다섯 장을 관 위에 떨어뜨렸다. 그리고 고개를 젖히더니 걸고 있던 목걸이를 풀어 관 옆 흙더미에 떨어뜨렸다. 그런 뒤 석영은 삽을 들어 흙을 퍼 서너 번 관 위로 뿌렸다. 반으로 접힌 종이가 보이지 않게 되자 목걸이를 떨어뜨린 곳으로 흙을 뿌렸다.

　석영이 내민 삽을 받아든 나는 흙을 뿌리며 석영이 떨

어뜨린 종이가 무엇일까 나름대로 추측해보았다. 승혁이 나에게 준 편지가 기억났다. 그리고 나머지는 승혁이 마지막으로 석영을 떠나며 준 편지인지도 모른다. 그럼 목걸이는 무슨 의미를 가지고 있는가. 혹시…… 혹시나……. 나는 추리를 그만두고 뒤에 서 있는 사람에게 삽을 건네주었다.

잠시 후 나는 바다를 향해 서 있는 석영에게로 갔다.

"저기 차에서 기다릴게요."

석영이 스카프를 쓰며 나의 동의를 구했다.

"성분(成墳)하는 데 꽤 시간이 길릴 텐데요……. 불편하시면 먼저 서울로 가도 되고요……."

"아니에요, 시간이 걸려도 괜찮아요. 차에서 쉬겠어요. 천천히 내려오세요."

"그렇게 해요."

석영은 산을 내려갔다. 나는 그녀의 뒷모습을 물끄러미 보고 있었다. 석영이 무슨 이유로 자신이 걸고 있던 목걸이를 던졌을까? 얼마 동안이나 걸고 있던 목걸이일까? 혹시나 승혁을 한시라도 잊지 못해 걸고 있었던 것인가? 그렇다면 승혁을 향한 그녀의 사랑은, 승혁의 잔인한 배반에도 불구하고 조금도 변함이 없었다는 말인가? 그녀의 뒷모습이 오솔길 사이로 사라졌다.

운구를 한 사람들, 승혁과 같이 땀을 흘리며 제방 공사를 했었던 노무자들이 한 사람 한 사람 차례대로 흙을 뿌렸다. 다음에는 구덩이를 판 인부들이 번갈아 흙을 퍼넣어 삽시간에 승혁의 관은 모습을 감추었다. 흙이 어느 정도 쌓이고부터는 달구질이 시작되었다. 여남은 명의 인부들 중 나이가 지긋한 선창자의 소리를 따라 느릿하게 가락을 뽑으며 좌측으로 돌아갔다.

　나는 가겟집 노인에게 성분이 끝날 때까지 지켜봐달라고 부탁하고는 산을 내려가기 시작했다.

　얼마쯤 내려가다가 나는 잠시 멈춰서 제방을 따라 눈길을 주었다. 그 중간쯤에 석영이 제방 위에 서서 바다를 응시하고 있었다. 비록 살아서는 재결합하지 못했으나, 그 모습은 영원히 깨어지지 않을 재결합의 상징처럼 보였다. 지하에 있는 승혁도 이제는 너털웃음을 터뜨리며 재결합을 받아들일 것 같았다. 나는 숨이 찬 줄도 모르고 그녀에게 뛰어갔다.

＊ ＊ ＊

　제방 위에 올라서면서 나는 잠시 멈춰 섰다. 석영에게

202

접근하기가 왠지 두려워서였다. 어떻게 말을 걸어야 할지 몰랐다. 석영이 시선을 보내고 있는 바다를 보았다. 먼바다의 평온한 광경이 제방을 치는 파도 소리와 너무나 대조적이었다. 폭삭 가라앉은 승혁의 집터가 시야에 들어왔다. 그때서야 자신이 생겨 석영 쪽으로 걸어갔다. 이제는 승혁이 목적했던 바를 석영에게 설명할 수 있을 것 같았다. 설령 승혁의 의도가 허무맹랑하고 어리석었다 하더라도 그로서는 전 인생을 건 것이었다. 순진함이라고 말하기에는 승혁 자신과 석영의 희생이 컸고, 용기라고 부르기에는 너무나 결과가 허무했다. 어쨌든 승혁이 스스로는 어쩔 수 없이 저지른 일, 이제는 석영이 입은 마음의 상처나마 덜 수 있기를 바랐다.

내가 다가설 때까지 석영은 먼바다만을 응시하고 있었다. 그곳에서 그녀를 괴롭혀왔던 그 무엇의 정체를 캐려는 듯이 조금도 움직일 줄 몰랐다. 나도 석영의 옆에서 바다를 보았다. 우리는 침묵을 지켰다.

"승혁이 무엇을 이루려고 했는지 알아요?"

내가 바다를 응시한 채 물었다.

"……."

"승혁은 국보 제1호인 남대문을 세계적인 예술품으로 재창조하려고 했어요."

석영은 아무 말도 하지 않았다. 그러나 듣고 있다는 것은 느낄 수 있었다. 나는 바다에 시선을 둔 채 말을 계속했다.

"승혁은 돌의 축성법을 실제로 터득하기 위해 이곳 제방에서 노무자들과 같이 일한 거예요. 그래야지만 축성의 예술성을 터득하리라 믿은 거지요."

"그래서 터득했나요?"

석영이 자신에게 말하듯이 입을 열었다.

"그건 나도 모르겠어요. 승혁이 만든 설계도가 지금 남아 있지 않은 마당에 그가 터득했는지 여부는 알 방법이 없지요. 또 설사 설계도가 남아 있다 하더라도 승혁이 자신 이외에는 누구도 판단할 수 없을 거예요."

"왜 설계도를 불태웠지요?"

"아니, 그건 어떻게 알았어요?"

내 전문(電文)에는 승혁의 익사 소식에 붙여 장례 일시와 장지 이외에는 언급하지 않았다는 것을 상기했다.

"조금 전 동네 사람이 알려주었어요. 그 사람이 불을 질러 집을 태웠다고요."

"글쎄요. 승혁이 자신이 고의적으로 불을 지른 것이 사실이라면, 나도 그랬으리라 믿지만, 그 이유는 확실하지 않아요. 아마 승혁이 자신이 판단하기에는…… 마음에 들지 않았을 거예요."

"결국 그 사람도 성공할 수 없었군요."

"그렇게 볼 수 있지요."

나는 석영의 의견에 쉽게 동의해버렸다. 석영의 상처를 조금이라도 덜어줄 수 있다면 무슨 말이라도 할 수 있을 것 같았다.

"그 사람 자신도 실패했다는 걸 깨달았을까요?"

석영과의 대화가 치닫는 방향이 몹시 마음에 걸렸다.

"글쎄요, 그럴지도 모르지요."

"그래서 자살을 했나요?"

"누가 그런 얘기를……."

"동네 사람들이 그러더군요."

큰 파도가 제방에 부딪히는 소리가 우리 대화에 끼여들었다. 나는 잠시 생각에 잠겼다. 석영의 생각대로라면, 승혁은 자신이 실패했다는 것을 알고 결국 자살하지 않으면 안 되었다는 논리였다. 하지만…… 하지만 유감스럽게도 그것은 사실이 아니다.

진실은 이렇지 않은가? 미자를 곁에 두고 승혁은 목적한 바를 이룰 수 있다는 확신이 섰다. 그리고 실제로 뜻을 이루고 있었다. 헌신적인 사랑과 맹목적인 존경, 상당히 깊어진 병이 가져다준 시한부 인생, 두 사람 사이를 꽁꽁 묶은 서로 간의 유대감, 불행해질 미래에 대한 두려움, 현재의 하루하루를 최선을 다해 살아야 한다는 강박감…… 이 모든 것이 그에게 초인적인 힘을 주어 그는 무언가 이루어가고 있었다. 그것은 누구보다 그 자신이 잘 알고 있었다.

아무튼 그는 나름대로는 매우 행복했음에 틀림없다. 그가 가족을 버리고 나온 후 느꼈을 모든 고통을 보상하고도 남을 진하디진한 행복을 맛보았을 것이다. 창작에서 오는 희열의 순간들, 그 순간들이 주는 숨막히는 자신감, 드디어 손아귀에 넣은 완벽한 자유……. 하지만 이 모든 것이 미자라는 여자가 옆에 없는 한 불가능하다는 사실을 승혁은 깨달았을 것이다. 그리고 자신을 창의적이게 만드는 분신이 없어진 마당에 그는 더 이상 창의적일 수 없다는 것 역시 직감했을 것이다.

승혁으로서도 전혀 예상할 수 없었던 일이었을 것이다. 그는 죽음만이 자신을 구할 수 있다는 절망을 맛보았을 것이다. 열심히 산에 올라 정상에서 세상을 내려다보던 사람이 갑자기 산 밑 골짜기로 떨어져 절름발이가 되었을 때의 절망감과 비유할 수 있을까?

"맞아요, 승혁은 실패했다는 것을 알고 자살을 선택했을 거예요."

나는 거짓말을 해버렸다. 동네 사람들이 아직 석영에게

206

미자 얘기를 하지 않은 것만도 매우 다행스럽게 여겼다.

"……철저하게 실패했다는 것을 알았을 거예요. 그리고 한없는 고통을 느꼈을 테고."

나는 다시 또렷한 목소리로 말해주었다. 석영은 잠시 후 제방 위를 걸어갔다. 나는 그 뒤를 따라가며 그녀가 승혁으로 인해 받은 고통에서 영원히 빠져나올 수 있기를 바랐다.

그녀가 승혁의 무덤 안으로 던진 목걸이가 떠올랐다. 그래도 승혁을 잊지 못해 몸에 간직하지 않으면 안 되었던 그녀의 심정이 슬프도록 애처로웠다.

"석영 씨, 석영 씨가 목걸이를 끌러 무덤에 던지는 것을 봤어요. 시간이 흐르면 승혁이와 가졌던 아름다운 기억만이 되살아날 겁니다."

그렇게 말하는 나를 그녀는 걸음을 멈추고 돌아보았다. 매우 의아해하는 표정이었다.

"그 목걸이…… 기억하세요?"

석영이 목걸이가 걸려 있던 자신의 목을 만지며 나에게 물었다. 나는 침묵을 지켰다.

"그 사람이 나와 정해를 버리고 떠나기 이틀 전 외식을 한 후 선물한 것이었어요. 다이아몬드 목걸이였지요."

잠시 사이를 두었다가 비어 있는 목에 마치 목걸이가

있다는 듯이 그곳을 손으로 어루만지면서 말을 이어갔다.

"그 목걸이는 항상 걸고 있었어요. 그 사람이 저와 딸에게 한 짓을 한시라도 잊어버릴 것 같으면 그 목걸이를 만지작거리며 다시 떠올리곤 했지요."

나는 숨이 막혀왔다. 내가 알고 있는 석영이라는 여자가 이토록 잔인할 줄은 몰랐다. 승혁의 잔인함과 비교할 바가 못 되었다. 그것은 또한 한 여자의 외모가 그녀의 내면에 압도당하는 희귀한 순간이기도 했다. 남자의 마음을 사로잡는 여자의 외모가 제압당하려면 그런 극적인 사건이 필요한 것처럼 여자의 외모가 중요하다는 것을 과거에 한 번도 생각해본 적이 없었다. 나는 깊이 숨을 들이켰다. 그리고 석영을 꾸짖듯 다그쳤다.

"석영 씨, 승혁이를 아직도 용서할 수가 없어요? 아직도 과거에 얽매여 살아야겠어요? ……승혁인 이미 이 세상 사람이 아니잖아요. 이 시점에서 왜 모든 것을 잊을 수 없나요?"

석영은 고개를 돌려 나를 물끄러미 보았다. 이해 못하는 어린아이를 상대하듯 답답해하는 표정으로 이마에 주름을 잡았다. 그러고는 바다 쪽으로 다시 시선을 돌리고 망망한 바다에 말하듯 읊조렸다.

"어떻게 잠 못 이룬 그 수많은 밤을 잊을 수 있단 말이

에요……. 자고 나도, 자고 나도 아침을 맞이할 줄 모르
는 그 긴긴 밤을 어떻게 잊을 수 있단 말이에요……. 모
녀가 부둥켜안고 한없이 울던 정해의 그 조그마한 기숙
사 방을 어떻게 잊을 수 있단 말이에요……."

석영은 다시 발걸음을 옮겨놓았다. 나는 그녀를 바싹
뒤따라갔다.

"그만 과거의 멍에에서 벗어나요. 미래가 기다리고 있
어요."

석영이 걸음을 멈추고 다시 바다에 시선을 주었다.

"모든 고통을 끝내려고 가스를 가슴 깊숙이 들이마시
며 애초에 세상에 태어났음을 한없이 후회했던 그때를
어떻게 잊을 수 있어요! 다시 눈을 떴을 때, 지루하고 고
통스러운 인생을 살아야 하는 절망감을 어떻게 잊을 수
있어요. 그리고 한없이 선한 남자의 가슴에 못 박은 상
처를 어떻게 잊을 수 있단 말이에요?"

석영은 코트 깃을 여미고 난 후 머리의 스카프를 풀었
다. 바닷바람이 그녀의 옆모습을 드러내주었다. 한 폭의
아름다운 초상화였다. 그 순간 내 인생의 앞에 무엇이
놓여 있는지 어렴풋이 보였다.

마지막으로 본 초상화의 잔영이 내 무의식 한 곳에 남
아 있다가 어느 한가한 시간에 뚜렷한 윤곽을 잡으면서

내 마음의 평온함을 뒤흔들어놓을 것이다. 그럴 때면 나는 세월의 흐름을 야속해하며 가슴이 텅 비는 공허함을 느낄 것이다. 내가 살고 있는 인생과는 다른 또 하나의 인생이 어떠했을까, 하는 질문을 던지며 인생이 한 번밖에 주어지지 않았음을 한없이 원망할 것이다.

석영은 바다와 제방을 영원히 뇌리 속에 잡아두려는 듯 찬찬히 둘러보았다. 그리고 조용히 제방 위를 걸어갔다. 나는 그곳에 그냥 머물러 있었다. 제방을 때리는 파도가 그녀가 남긴 말을 씻어, 바다 깊숙이 밀어넣어주기를 간절히 바랐다. 나는 그녀의 등 뒤에다 대고 소리쳤다.

"나쁜 과거는 잊으라고 있는 거예요."

그녀는 들었는지 못 들었는지 돌아보지도 않고 제방을 그대로 걸어갔다.

저 멀리서 달구질하며 부르는 가락이 은은히 들려왔다. 그 가락에 실려 여자의 앙탈이니 한 귀로 흘리라며 석영의 뒷모습을 향해 웃어젖히는 승혁의 너털웃음 소리가 들려왔다. 나도 바다를 향해 큰소리로 웃어젖혔다. 승혁의 너털웃음과 하나가 되며 맘껏 웃어젖혔다. 그 순간 나는 드디어 석영이 드리우는 그림자에서 벗어났음을 알아챘다.

새를 위한 악보

　석영과 헤어진 후 승혁의 무덤이 있는 산등성이로 다시 올라갔다. 승혁과 같이 제방 쌓는 일을 했던 노무자들이 봉분을 정리하고 있는 중이었다. 나는 삽을 들고 그들과 같이 봉분을 다지면서 생각에 잠겼다. 도대체 승혁은 무엇 때문에 자살을 했는가? 의도적인 자살인가? 아니면 한순간 정신이 이상해졌던 것일까? 의도적인 자살이라면 자기가 그토록 공들인 작품을 불사른 이유가 뭔가? 그리고 또 한 가지 의문이 나를 괴롭혔다. 미자라는 여자에 대한 승혁의 애착심으로 판단컨대, 그녀를 도울 사람 하나 없이 유치장에 둔 채 자살을 했다는 사실이 이해되지 않았다.

봉분이 거의 만들어졌다. 같이 일하던 한 노무자의 제
안에 따라 삽을 놓고 우리 모두는 모닥불이 있는 곳으로
다가갔다.

"영감 색시는 영감이 죽었다는 걸 아는지 모르겠어
유."

누군가가 말했다. 갑자기 숨을 쉬기조차 힘들어졌다.
미자라는 여자에게 그 소식을 어떻게 전해야 할지 암담
했다.

"글쎄, 그건 잘 모르겠지만, 만약 알았다면 얼마나 마
음이 아프겠어유…… . 땅에 묻히는 거 안 보는 게 차라
리 잘됐지 싶어유."

다른 노무자의 말에, 모두들 고개를 끄덕거렸다.

"그런데유…… 이런 말 해도 되는지 모르겠어유…… ."

모닥불에 손을 쬐고 있던 늙수그레한 노무자가 머뭇거
리며 말을 꺼냈다. 사람들의 시선이 그에게로 옮겨졌다.

"……영감 색시도 어제 저녁에 죽었대유."

"뭐, 뭐라고요?"

나는 깜짝 놀라 소리쳤다.

"구치소 쇠창살에다 목을 매 자살을 했다는구먼유."

"왜 나한테는 얘기하지 않았지요?"

나는 다급하게 따졌다.

"경비 책임이 있어 지서에서 쉬쉬하더구먼유. 신문쟁이들이 알면 멋대로 써제낄까 봐 그러는 모양이더라구유. 뭐라고 하던가, 검시가 끝날 때까지는 비밀로 하기로 했다는구먼유."

"몇 시쯤에 그랬대요?"

"경비하는 사람이 저녁을 먹으러 잠깐 자리를 비운 사이에 그랬대유."

"영감님은 어떻게 아셨어요?"

나는 도무지 그의 말이 믿어지지 않아 다그쳐 물었다.

"지서에서 일하는 사촌동생한테서 들었어유."

나는 벌린 입을 다물지 못했다. 뿌지직 소리와 함께 모닥불 장작이 무너져 앉으며 불똥이 사방으로 튀었다.

"영감 색시가 영감에게 유서를 남겼다는구먼유."

늙은 노무자의 말에, 나는 그에게 바싹 다가갔다.

"뭐라고 적혀 있대요?"

"뭐라고 했다더라……. 글쎄, 들었지만 기억이 잘 안나는데……."

다급한 내 마음을 아랑곳하지 않고 그는 말끝을 흐렸다.

"기억나는 대로만 얘기해줘요."

나는 채근하듯 말했다. 왠지 모르게 미자의 유서가 매

우 중요한 의미를 가지고 있으리라 여겨졌다.

"영감이 시키는 대로 죽겠다고……."

"뭐요?"

"영감이 자살을 하라고 한 모양이유."

"왜요?"

"글쎄, 이유는 잘 모르겠지만 하여튼 그랬다는 거유."

"그리고 다른 말은?"

"영감께 한 가지 부탁이 있다며, 자기가 죽은 다음 화장을 해서 묻었다가 영감이 죽거들랑 그 옆에 묻히게 해달라는 거였대나 봐유."

바람결에 모닥불의 불꽃이 솟아나더니 좀처럼 사그라들 줄 몰랐다. 나는 그 불꽃을 응시하며 승혁에게 말했다. 이제는 뭔가 이해가 되기 시작한다고. 결국 승혁이 너는 네 색시가 재판 과정에서 고통을 받고 그런 다음에 또 징역살이를 해야 한다는 것이 무엇보다 견디기 어려워 그 여자에게 죽음을 선고했구나. 그토록 그 여자를 아꼈더냐? 그리고 너는 그 여자가 옆에 없이는 작품을 끝낼 수 없다는 것도 알았구나. 작품을 끝낼 수 없다면, 그것은 너에게 죽음을 의미했지. 네가 가족에게 입힌 상처를 정당화할 수 없었을 테니까 말이야. 그래서 너 역시 자살을 한 거고. 완성되지 않은 너의 작품들을 세상

214

에 내어놓지 않으려고 잿더미로 만들고서 말이야. 넌 정말…… 지독한 에고이스트구나.

나는 승혁이 경찰서 보호실에서 마지막으로 그 여자와 이야기하던 장면을 회상했다. 자유를 주는 주인에게 고마움을 표시하는 노예와 같았던 그 여자의 모습이 또렷이 떠올랐다. 그렇지, 그건 분명 자유를 준 것이다. 불치의 병마로부터의 자유, 이해 못하는 뭇사람들의 조소로부터의 자유, 애타는 사랑을 자신들 둘만이 고이 간직할 수 있는 자유……. 아! 도대체 그 여자가 승혁이 너에게 어떤 존재란 말이냐?

솟아나던 모닥불의 불꽃이 뿌지직 하고 가라앉는 나무토막과 함께 점점 사그라졌다. 마치 승혁이 나에게 빈정대는 미소를 보내며 사라지는 것 같았다.

"영감한테 들었는데, 색시는 영감 곁을 잠시도 못 떨어졌었대유. 영감이 한밤중에 자다가 뒷간에 갈 때 말유, 아무리 살며시 일어나도 색시가 반드시 같이 일어나 뒷간에까지 따라갔다는 거예유. 아무리 말려도 안 들었다더구면유."

그때까지 입을 다물고 있던 한 노무자가 끼여들었다.

"그것뿐만이 아니에유. 이제 없는 사람이니까 하는 말이지만, 영감이 하지 말라는데도, 색시는 영감이 잠들

때까지 혀로 온몸을 핥아줬다는구먼유. 자기 목이 부어 말을 잘 못할 지경이 돼두 그렇게 했다는 거예유."

그 옆에 있던 노무자가 거들었다.

나는 모닥불에서 떨어져 승혁의 무덤으로 갔다. 그들이 한 얘기가 사실이 아닐 수도 있음을 나는 알고 있었다. 어쨌든 미자라는 여자와 승혁은 각자의 육체적인 고통과 정신적인 고뇌를 철저히 공유했고 공유된 고통과 고뇌는 저 높은 하늘 어디엔가 숨어 있는 지순한 사랑으로 향하는 사다리 역할을 했을 것이다. 그들이 마침내 그곳에 도착해 사랑의 황홀함 속에 잠시 머물면서 상대방의 존재 외에는 아무것도 더 이상 바랄 것이 없는, 구태여 찾는다면 시간이 정지되기만을 바라는, 그리고 상대방도 자기만큼 행복하기만을 바랄 것이다. 그러한 시간이 지난 후, 그리고 조금 더 욕심을 부린다면, 자신이 상대방을 끝까지 보살피다가 먼저 조용히 떠나는 그런 마지막이기를 바라는 마음을 품고 있다가 아래를 내려다본 순간 사다리는 허물어지고, 그들은 그곳에 더 이상 머무를 수 없었을 것이다. 뒤따라온 것은 급작스러운 끝맺음이었다.

승혁의 끝맺음과는 달리 내 인생의 끝맺음은 어떤 것일까? 그것은 승혁의 급작스런 끝맺음과는 달리 천천히, 그러나 분명하게 찾아올 것이다. 젊은 시절 동안 보낸 인생의 작은 조각들은 거짓과 위선과 미움의 독한 독물에 물들면서 흐물흐물해지다가 마침내 노년이 찾아오면 남는 것은 고독함뿐일 것이다. 그러한 고독을 지우기 위해 잘못 찾아가는 곳은 오래오래 남보다 더 잘살아보겠다는 과욕의 진흙탕이리라. 하지만 그곳에서는 가장 가깝고 가장 사랑스러운 사람들이 튀긴 흙탕물로 가려진 말년의 추한 병마의 상흔만 있을 뿐이다. 그러다 죽음을 맞이하기 전 부서진 인생의 조각들을 주섬주섬 주워다가 맞추어보면, 남는 것은 한 번밖에 주어지지 않는 인생을 어리석게 낭비해버렸다는 허무함뿐일 것이다.

승혁의 인생은 그렇지 않았다. 아무도 가보지 못한 저 높은 언덕을 향해 달려가 그곳에서 인생이 줄 수 있는 모든 것을 진하게 맛보았다고 할 수 있다. 비록 그것은 짧은 순간이었지만 그에게, 아니 모든 사람에게 어떤 고통과 고뇌를 보상하고도 남는 것이었다. 그러면 남은 것이 무엇이냐? 하고 물을 수도 있다.

적어도 승혁과 미자라는 여자가 사랑의 둥지를 틀었던 그곳에서는 그들의 사랑 이야기가 노무자들의 입에서 입으로 오랫동안 전해질 것이다. 끊임없이 아름답게 채색되면서, 그리고 많은 사람들의 가슴을 저리게 하면서……. 그러다가 미래 한 시점에 이 사랑 이야기가 어느 장인의 손에 의해 천년의 세월을 이겨낼 글로 옮겨질 것이다. 이 천년의 세월로 보면 어느 누가 승혁이 이 세상에 남긴 것보다 더 소중한 것을 남길 수 있겠는가!

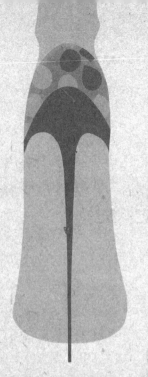

작품해설

평범으로부터의 해방을 위해서

전영태(문학평론가, 중앙대학교 명예교수)

소설은 경험의 질이 예술적 가치로 평가되는 유일한 문학 장르이다. 기교의 결함도 소설이 담고 있는 경험의 질적 우수성으로 극복할 수 있다.

소설에 대해서 어느 정도 공부한 사람이라면 누구나 다 알고 있는 이런 이야기를 꺼내는 것은 홍상화의 『사람의 멍에』가 바로 경험과 예술의 양립성에 관한 문제를 다루고 있기 때문이다. 어떤 조건이 경험의 질을 탁월하게 만들게 하고, 어떤 상황이 경험을 예술로 전환시키는 계기가 되는가? 예술이라는 것은 경험의 어떤 측면과 결합될 수 있는가? 이런 문제들에 대해서 이 작품은 우회적이지만 매우 깊게 그 핵심을 건드리고 있다.

이 작품의 표면적인 주제는 중년 남성의 위기에 관한 것이다. 이런 주제는 사실 별로 새로운 것이 아니다. 신문이나 TV 같은 데서 흔히 다루어지고 있어서 그냥 지나치기 쉬운 이야깃거리임에 틀림없다. 그러나 작가는 이런 평범한 제재를 거머쥐고 그 속에 들어 있는 의미 있는 내용을 뽑아내려고 한다. 중년의 남성이면 어느 때인가 한번 겪게 되는 위기의식 속에서 인생 전체의 문제점을 발견하려는 것이다.

대개의 경우 소설의 주인공이 중년 남성이나 여성으로 설정되면 소설의 흐름이 느려지고 내용에 생동감이 결여되는 것이 보통이다. 영화나 TV 드라마에서조차 그럴진대 소설의 경우는 두말할 나위 없다. 왜 그럴까? 그 까닭은 소설이 바로 경험 생성의 예술이라는 점에서 찾아야 한다. 이미 축적된 경험을 포개듯이 제시하는 것은 소설의 매력을 상실하게 한다. 아무것도 모르는 무지의 상태에서 경험의 벽을 향해 돌진하다가 얻는 무수한 상처를 대부분의 독자들은 소설의 훈장처럼 아끼고 있다. 소설의 본령이 성장소설에 있다는 소설 이론이 존재하는 이유가 여기에 있다.

『사람의 멍에』에서 주목할 것은 이 작품이 중년 남성을 주인공으로 설정하고 있으면서도 그 인물의 경험 축적을 자랑하지 않고 새로운 경험을 창출하기 위한 모험을 감수하고 있다는 점이다. 이 작품의 승혁이 그러한 인물로서, 작품의 독자에 대한 유인성은 이 인물에 크게 의존하고 있다.

승혁은 미국에서 건축가로 성공한 중년 남성으로 모든 면에서 부족할 것이 없는 생활을 누리고 있다. 그런 그가 어느 날 아름답고 현숙한 아내를 버리고 귀국한다. 소설의 발단은 이렇게 시작된다. 이 작품에서 승혁은 세상만사를 달관하고 어떠한 유혹에도 쉽게 이끌리지 않는 불혹(不惑)의 중년 남성이 아니라, 앞으로 살아야 할 삶을 성취의 과제로 삼고 있는 야심에 찬 젊은이와도 같다.

작가는 이러한 승혁의 순진무구성을 나타내기 위해서 '나'라는 세속적 인간상을 내세워 그와 대조시키고, 극적 효과를 높이기 위해서 그의 아내 석영, 접대부 미자 등의 여인들을 등장시킨다.

'나'라는 인물은 방송국에 근무하는 언론계 중진으로 지식보다도 경험을 중시하는 인물이다. 세미나에 참석한 교수들을 경험이 부족하다는 이유로 한껏 경멸하고 중세시대의 서양회화에 대해서 긴 대화를 나눌 정도로 교양이

풍부하고, 골프를 치는 등 인생을 즐기며 살아가고 있는 인물이 이 작품의 '나'다. 스스로는 남보다 뛰어난 삶을 살고 있다고 생각하나 지극히 평범한 삶을 살아가고 있는 세속적 인간상의 전형이다.

이런 '나'는 승혁의 돌연한 귀국으로 인해서 일대 혼란 상태에 빠진다. '나'의 관심은 승혁이 성취하고자 하는 과업보다 그가 왜 현숙한 부인을 버리게 되었는가에 있다. '나'가 승혁의 부인 석영에게 느끼는 감정은 구원의 여인상에 대한 숭배심과 같은 것이다. 아름답고, 교양 있고, 원만한 가정생활까지 꾸려가는 사교성도 있는 여인, 그런 여인을 버린다는 것 자체를 죄악으로 여기고 있다. 이런 '나'에 대해서 승혁은 궤변 같은 이야기를 늘어놓는다. 그의 논리는 '나'에게 보낸 편지에 다음과 같이 정리되고 있다.

나는 나를 붙잡고 있는 모든 것에서 의미를 찾기 위해 그것들 하나하나의 가치를 다시 따져보기 시작했다.

성공…… 상대적인 것으로 끝이 없는 거다. 성공이라는 요물이 자신의 인생을 되돌아보지 못하고 하루하루 살아가게 하지. 가족…… 가족의 훈훈함은 좋은 거다. 그러나 훈훈함을 맛보는 대가로 가식을 가져야 돼. 그 훈훈함이 가식이 주는 고통을 보상하지는 못해. 사랑…… 바로 속박의 굴레다.

성공·가족·사랑, 이 세 가지에서 벗어나지 않고는 사람은 결코 자유로워질 수 없어. 자유롭지 못하다면 행복할 수도 없는 거다. 나는 행복해지기로 결심했지. 그러기 위해 내가 이루어놓은 성공을 팽개쳤고 가족과 헤어지기로 했다.(30쪽)

요컨대 성공·가족·사랑, 이 모든 것이 승혁 자신의 행복을 위해서는 방해가 된다는 말이다. 그렇다면 승혁이 추구하는 행복의 정점은 무엇인가? 이 작품에서 윤곽이 가장 희미한 부분이 이 점에 관한 것이다. 승혁은 건축가로서 일생 최대의 작품을 완성시키려 한다. 국보 1호인 남대문을 재창조할 웅장하고 빛나는 건축물을 건립하려고 한다는데, 그래서 돌을 연구하기 위해 간척공사장 인부로 일하기도 하고, 혼자 틀어박혀 그 설계도를 짜기도 하는데, 구체적인 계획이나 설계 같은 것이 완성되지 않은 채 승혁이 죽은 관계로, 그가 완성시키고자 했던 것이 무엇인지는 '나'를 포함해서 그 누구도 모른다. 성공·가족·사랑을 팽개치고 건축 설계작업에 몰두했다면, 그 작업이 갖는 의미라든지 작업의 과정과 결과에 대해서 암시 정도는 하는 것이 소설의 상도일 터이다. 그런데 의외로 작가

224

는 이것에 대해서 의도적으로 추상적인 태도를 취한다.

　그것은 아마 건축에 대한 전문적인 용어들이 소설 속에 출현하면 소설이 건축 관계의 이야기 때문에 난해하게 될 것을 방지하기 위한 조처라고 생각한다. 그렇게 생각한다고 해도, 승혁이 일생을 바쳐 건립하려는 건물의 겉테두리라도 보여주었으면 하는 아쉬움이 남는다.

　사실, 이 소설의 구조로 보면 이러한 주문은 어려운 점이 없지 않다. 이 소설의 스토리 전개가 건축에 대해 전혀 문외한인 '나'에 의해서 펼쳐지므로, 건축에 대해 이러저러한 이야기를 상세하게 늘어놓기 어렵다. 그리고 스토리 전개에 주도적 역할을 하는 '나'의 관심은 어떤 면에서는 승혁보다도 승혁의 여자에 두어져 있다. 그중에서도 그의 뇌리에 고착하여 움직이지 않는 여인상은 석영에 관한 것이다.

　　내가 그녀와 처음으로 인사를 나누는 순간, 나는 왠지 모르게 그녀가 눈에 보이는 아름다움처럼 완벽한 여자는 아닐 것이며, 시간이 지남에 따라 그녀의 단점이 발견될 것이라고 단정했다. 왠지 그래야지만 친구의 아내로서 친근감을 가질 수 있을 것 같았다. 그러나 그러한 나의 단정은 여지없이 빗나갔다. 그녀는 아직까지 내가 본 여자 중 가장 이상적인 여

자였다.(9쪽)

'나'의 석영에 대한 감정은 의도적인 경멸감에서 시작하여 흠모와 애정의 감정으로 반전하고, 그 안에는 그것을 억제하기 위한 경멸감과 그러지 못하는 안타까움이 섞여 있다. 한마디로 콤플렉스(복합 감정)를 느끼고 있다.

공무를 핑계로 하여 미국에까지 가서 석영을 만나고, 석영과 여행을 계획하기도 하는 '나'에게 승혁의 다른 여자는 무의미한 존재일 수밖에 없다. 그런데 승혁은 그런 여자들이 무의미하기 때문에 더 의미가 있다고 강변한다. 자신은 그러한 여자들을 통해서 질곡에서 해방될 수 있고, 자신의 작업에 몰두함으로써 싸구려 멜로드라마에서 벗어날 수 있다는 주장이다. 그의 말에 따르면 사람들은 "시간만 지나면 모두 해결될 문제를 가지고 하늘이 무너지는 양 심각한 일로 받아들여 모두가 싸구려 멜로드라마를 만들고"(62쪽) 있다는 것이다.

여기서 우리가 유의해야 할 것은 싸구려 멜로드라마를 거부하는 승혁의 그후의 삶이 멜로드라마의 범주에서 완전히 벗어날 수 있었는가 하는 점이다. 여전히 싸구려 멜로드라마의 삶을 영위하는 '나'의 눈으로 보면 그는 확실

226

히 멜로드라마의 범주에서 벗어난 듯이 보인다. 이 작품의 주제를 압축하고 있는 다음 문맥에서 '나'의 승혁의 행동에 대한 해석이 잘 나타나 있다.

승혁은 우리 모두를 철저하게 조롱해야 한다. 우리 속에 갇혀 던져주는 음식 찌꺼기를 배불리 먹고 사는 돼지를 비웃듯이, 새장 속에 갇힌 새들을 조롱하듯이 우리 모두를 조롱해야 한다. 그는 깊은 산속을 거침없이 뛰어다니며 먹이를 찾는 산돼지가 되어, 파란 창공을 나는 한 마리의 야생조가 되어 돼지우리나 새장에 갇힌 우리들을 불쌍한 눈으로 바라보아야 한다.(182쪽)

'나'의 이러한 해석처럼 승혁은 냉소적인 시선으로 사물을 응시한다. 그는 평범과 공포라는 두 단어를 연결시켜 비범한 삶을 살지 못하면 안 된다는 강박관념에 스스로를 속박시킨다. 그의 주장에 따른다면 "세상의 수많은 사람들의 영혼이 '평범'이라는 균에 소멸되고" 있다. "매일매일 같은 시간대에 직장에서 일하는 사람들의 눈에 서려 있는 원망과 공포를" 발견하고 "그들 모두는 이미 사고하고 창의하려는 인간이 아니고 우리에 갇혀 던져주는 음식 찌꺼기나 받아먹는 돼지"라고 단정짓는다. 그런 판단을 바탕으로 그는 이제까지의 안온한 생활을 포기하고 인생의 밑바닥부터 더듬어 올라간다. 간척공사장의 인부, 붕장어를 낚는 어부, 지역의 깡패에 대항하는 건달 등, 그가 새로 접하는 생활은 상식인의 예상을 초월한다. 이 모든 생활이 그의 평범에 대한 공포에서 비롯되었음은 물론이다.

그런데 이 작품의 결말을 보면 그렇게 평범을 거부하는 그도 어쩔 수 없이 멜로드라마의 틀에 빠져들어갔음을 확인할 수 있다. 에이즈 보균자인 미자라는 접대부를 데리고 살다가, 깡패의 습격에 대들다 그 자신도 상처를 입고, 미자가 깡패를 살해하는 상황에 이르고, 마침내 치료를 받다가 바다에 몸을 던져 죽는 것으로 일생을 마감한다.

이것은 아무래도 멜로드라마에 가깝지 비극과 연관되기 힘든 결말이다. 싸구려 멜로드라마에서 탈피하기 위해 그렇게 애를 쓰던 승혁의 멜로드라마틱한 죽음에서 우리는 비극이 원칙적으로 상실되어버린 우리 시대의 비극 아닌 비극을 접할 수 있다. 승혁의 삶은 비극적 영웅을 지향한 것이었지만, 비극의 씨앗조차 없어진 현대에서는 그러한 영웅적 기상이 멜로드라마로 변질된다.

승혁의 죽음을 자살로 처리할 수밖에 없는 상황에 대해

누구보다도 작가 스스로 안타까울 것이다. 어떠한 인물도 죽으면 더 이상 자신의 주장을 펼칠 수 없으므로 작가는 통상 자신이 만들어낸 인물을 결말에서 죽여버린다. 이렇게 죽은 인물이 소설에 얼마나 많은지는 새삼 확인할 필요도 없다.

그를 죽이지 않는 방법은 없었을까? 이 소설의 결말을 읽으면서 문득 그런 생각을 떠올렸는데, 승혁이라는 인물은 소설의 서두 부분부터 너무 죽음과 가까운 곳에 있었다. 이것을 승혁의 운명이라고 말한다면 운명이라는 단어가 너무나 편리한 어휘일 것이다.

이러한 승혁의 운명을 지켜보면서 '나'라는 인물은 승혁의 삶에 감동을 받기는커녕 그와 반대의 길로 나아간다. 이 작품의 또 하나의 핵심은 결코 변하지 않고, 다만 변한다면 세속적 삶을 더 잘살기 위한 방향으로 변화하는 '나'의 완강한 태도 속에 내포되어 있다. 승혁의 주검 앞에서 자신의 죄의식을 확인하는 '나'의 태도에서 우리 시대 평범한 사람들의 일상적 심리를 파악할 수 있다.

'나'는 승혁을 결코 도와주지 않았다. '나'는 그를 통해 이제까지 억눌려왔던 자신의 삶에 대한 불만을 대상적(代償的)으로 해소시켰고, 그의 엉뚱한 삶의 행적을 비웃으면서도 마치 자신이 그런 행동을 하는 것처럼 우쭐댔다. 결국 '나'는 친구인 승혁을 철저히 이용한 셈이다. 영리한 '나'는 그의 변화에 휘말리지 않으면서 변화를 즐길 수 있었고, 그 결과는 보다 약삭빠른 처세술로 나타난다. 그 처세술은 누구의 말이든 '나' 자신이 수용할 수 있는 말만 듣고 동의를 표시하면 되는 것이었다. 그렇게 행동함으로써 '나'를 좋게 이야기하는 사람들이 많아지게 된다.

이 작품은 자신이 속물이면서도 남의 속물적 근성을 비난하고, 자신의 지위를 이용해서 남이 차지할 이익을 빼앗는 우리 시대의 보편적인 생활 태도에 대해 근본으로 문제를 제기한다. 영어를 몇 마디 더 한다고, 중세의 서양 회화를 이해한다고, 골프를 잘 친다고 다른 사람들을 업신여기는 인간이 우리 주변에 얼마나 많은가!

이 작품이 이러한 문제 제기를 한다고 해서, 이 작품을 일종의 알레고리로 해석할 수는 없다. 이 작품의 미덕은 풍부한 경험을 바탕으로 이제까지 한국소설에서 제외되었던 많은 제재들을 문학의 영역 속에 확장시켰다는 것에 있다. 소위 교양 있고 돈 많은 사람들의 생활관습과 사고방식의 허실에 대해서 이 작품만큼 여실하게 노출시키고 있는 작품을 쉽게 발견할 수 없다. 그런 제재는 으레 소설에서 배제해야 하는 것으로 알고 있는 상식의 뒤편에서 이 작품의 구도가 전개된다.

끊임없이 변화하는 줄거리가 가능한 것도 경험의 폭과 질이 그만큼 넓고 탁월하다는 것을 의미한다. 스토리의 현란한 흐름을 따라가다 보면 간헐적으로 충격을 주는 대목을 발견할 수 있는데, 작가는 이것을 지나치게 확대하거나 과장하지 않는다. 독자들의 가독성(可讀性)을 증가시키는 스토리 전개 속에서 생활의 빛나는 예지가 번득인다.

1980년대 후반에 작단에 등장하여 오늘에 이르기까지 그의 창작 열의는 골인 지점을 향한 스퍼트라고 표현할 만큼 눈부시다. 그렇게 정열적인 창작 의욕을 표출하는 까닭이 무엇인지 『사람의 멍에』는 그 이유를 어느 정도 밝히고 있다.

작가의 진정한 행복은 창작에 있다는 것과, 그것만이 자신을 파멸시키지 않는 길이며, 그렇게 함으로써 다른 사람까지 파멸의 구렁텅이에서 벗어나게 할 수 있다는 확신이 그 이유일 것이다. 『사람의 멍에』를 통해서 삶의 본질에 대한 탐구를 보다 폭넓고 깊게 성취한 작가의 노고에 거듭 경의를 표한다.

한국문학사 작은책 시리즈 3

사람의 멍에

초판 1쇄 인쇄 2015년 3월 25일
초판 1쇄 발행 2015년 4월 6일

지은이 홍상화
펴낸이 홍정완
펴낸곳 한국문학사
주간 홍정균

편집 이은영 홍주완 배성은
영업 한충희
관리 황아롱
표지 디자인 석운디자인
본문 디자인 차은화

121-727 서울시 마포구 독막로 281(대흥동) 한국문학빌딩 5층

전화 706-8541~3(편집부), 706-8545(영업부) | **팩스** 706-8544
이메일 hkmh73@hanmail.net
블로그 http://blog.naver.com/hkmh1973
출판등록 1979년 8월 3일 제300-1979-24호

ISBN 978-89-87527-40-6 03810